牙王物語

新装合本……kibaoumonogatari

戸川幸夫❖著
田中豊美❖画
戸川久美❖解説

新評論

編集部からのお断り

この物語は、一九五六年から毎日新聞に連載された『山のキバ王』を、小中学生を対象として単行本化したものです。つまり、六〇年以上前の小説となりますが、そんな古さを感じるどころか、まさに、現在読むべき物語となっています。

とはいえ、時代が違うために、分かりづらい言葉や旧名称が登場したりもします。そこで、著作権者（著者の次女である戸川久美さん）の了解を得て、今回の新装合本版では、本文中に（　）において補足をさせていただいたほか、元の原稿では「松山温泉」となっていた名称に関しては、現在の呼称である「天人峡温泉」（上川郡東川町）に修正させていただきました。

また、現在では不適切と思われる表現に関しては修正を加えたほか、漢字表記などを現代のルールに則って統一したことをお断りしておきます。

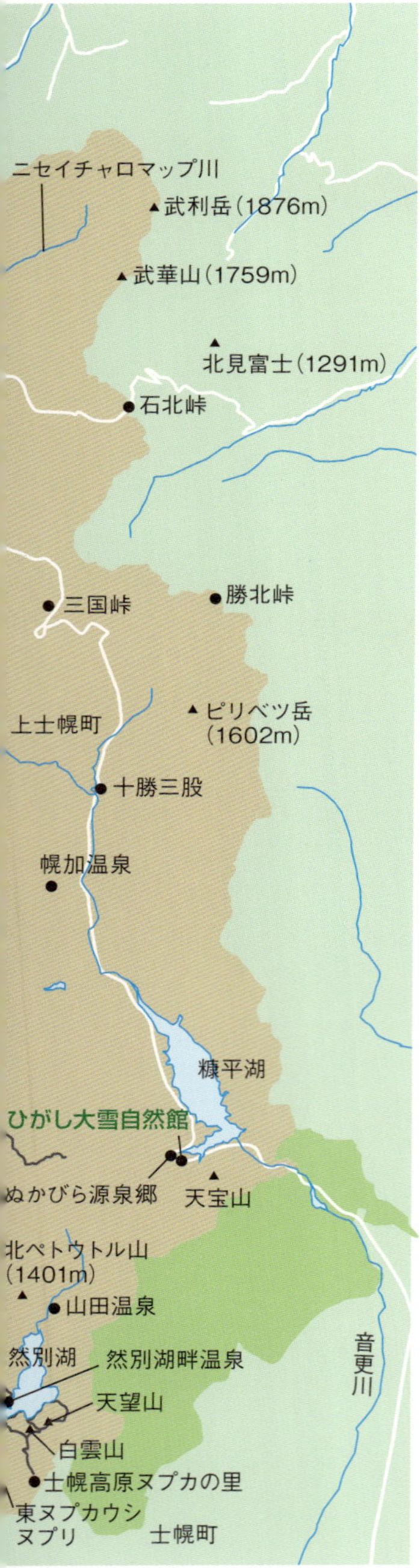

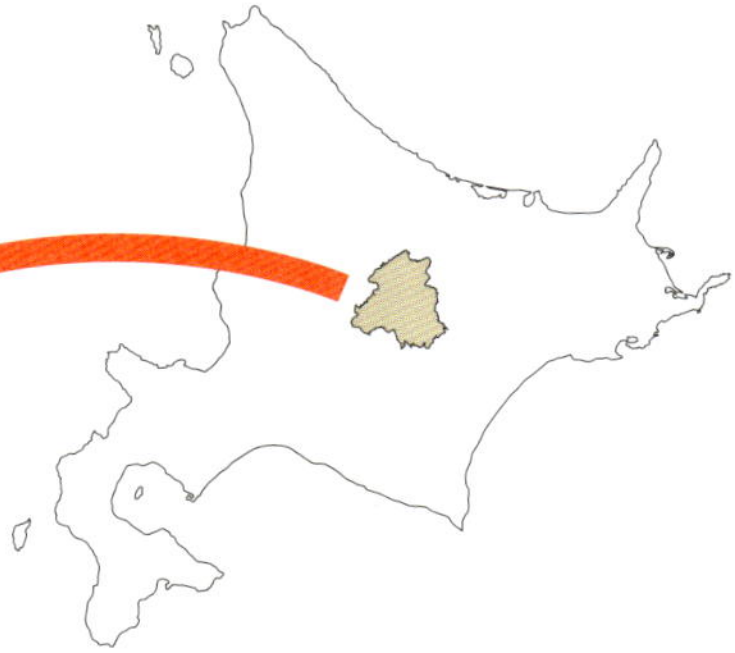

物語の舞台に行こう！

大雪山連峰への南の玄関口は、上川郡東川町にある旭岳温泉となります。東川町の中心部を通ることになりますが、JR旭川駅からバスで向かうと１時間20分ほど、旭川空港からだと１時間10分ほどで旭岳ロープウェイの山麓駅に到着します。ここから、ロープウェイで標高1600メートルの姿見駅までは約10分です。

一方、北側の玄関口は、上川郡上川町にある層雲峡温泉となります。JR石北本線の上川駅から国道39号（大雪国道）を石狩川に沿ってバスで向かうと、35分ほどで大雪山層雲峡ロープウェイの山麓駅に到着します。そこからロープウェイとリフトを使えば、黒岳の７合目まで行けます。

二つの玄関口までのバスの便ですが、本数が少ないので、各町の観光協会などにお問い合わせください。

そして、もう一つの舞台、キバと早苗が出会った「羽衣の滝」は天人峡温泉にあります。同じく東川町の中心部を通って向かうことになりますが、あいにくと路線バスは走っていません。レンタカーを使っていただくか、天人峡温泉にお泊まりの場合は旅館の送迎バスをご利用ください（少人数の場合はお問い合わせください）。所要時間は、JR旭川駅からは約１時間、旭川空港からは約40分となります。

旭岳、黒岳とも、ロープウェイを利用すれば大雪山連峰の雄大な姿を手軽に楽しむことができます。ぜひ、訪れていただき、物語でキバが駆け回った山々をご覧ください。著者の戸川幸夫は、約60年前に自分の目で見て、イメージを膨らませることでこの物語を書き上げました。21世紀を生きるみなさんは、どのようなイメージを抱くのでしょうか。

大雪山国立公園区域図

上川町
石狩川
ニセイカウシュッペ山
(1883m)
平山(1771m)
層雲峡
ビジターセンター
朝陽山(1370m)
凌雲岳
(2125m)
層雲峡温泉
流星の滝
屏風岳
(1793m)
銀河の滝
大函
北鎮岳
(2244m)
桂月岳
(1938m)
愛山渓温泉
愛別岳(2113m)
東川町
沼ノ平
黒岳(1984m)
裾合平
御鉢平
北海岳(2149m)
旭岳ビジター
センター
旭岳
(2291m)
間宮岳
銀泉台
大雪湖
赤岳(2079m)
大雪遊水公園
忠別川
旭岳温泉
白雲岳
(2230m)
緑岳(2020m)
旭平
天人峡温泉
天女ヶ原
ホロカイシカリ川
忠別湖
羽衣の滝
大雪高原
温泉
大雪レイク
サイト
大雪旭岳源水
高根が原
ヒグマ情報センター
ユニ石狩岳
(1756m)
忠別岳(1963m)
小《ポン》化雲岳(1924m)
音更山
(1932m)
五色岳(1868m)
化雲岳(1954m)
石狩岳
(1967m)
五色ヶ原
沼ノ原
美瑛町
ツリガネ山
トムラウシ山
(2141m)
白金野鳥の森
コスマヌプリ
上富良野町
白金温泉
べべツ岳
オプタテシケ山
(2013m)
望岳台
美瑛富士
(1888m)
トムラウシ温泉
十勝岳望岳台《ぼうがくだい》
防災シェルター
ニペソツ山
(2013m)
美瑛岳(2052m)
新得町
吹上温泉
十勝岳(2077m)
十勝岳温泉
ウペペサンケ山
(1848m)
上ホロカメットク山
(1920m)
富良野岳
(1912m)
原始ヶ原
富良野市
十勝川
菅野温泉
南富良野町
南ペトウトル山
(1345m)
西ヌプカウシヌプリ
十勝ダム
ユーヤンベツ川
鹿追町

真朱色《まそほいろ》の大雪山連峰《だいせつざんれんぽう》（撮影：大塚友記憲）

もくじ

大雪山国立公園区域図　ii

自由を求めて　3

魂《たましい》の芽生《めば》え　16

知るということ　26

片目のゴン　43

生と死の掟《おきて》　62

新しい世界　70

沼ノ平（一部　撮影：大塚友記憲）

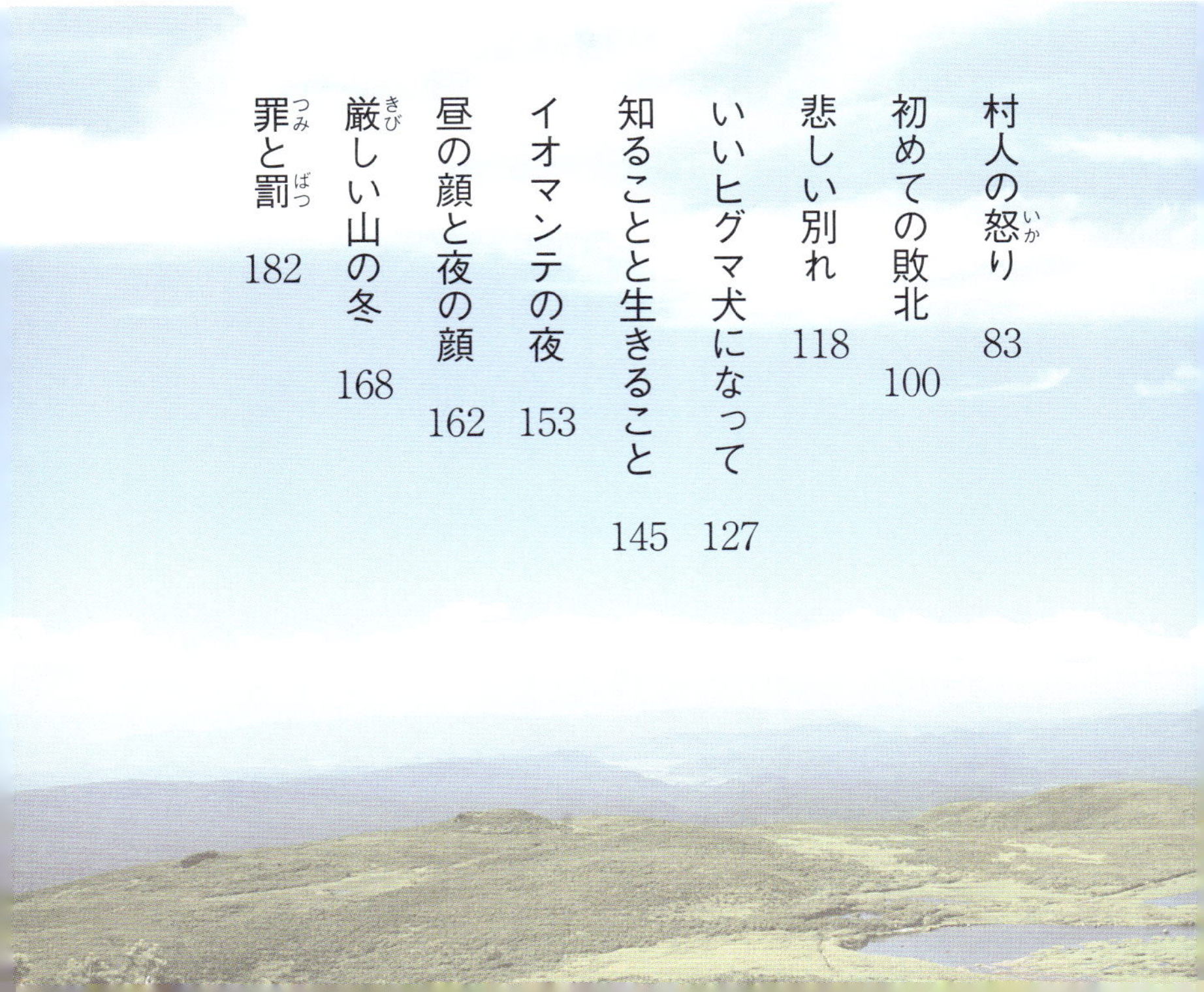

村人の怒《いか》り　83
初めての敗北　100
悲しい別れ　118
いいヒグマ犬になって　127
知ることと生きること　145
イオマンテの夜　153
昼の顔と夜の顔　162
厳《きび》しい山の冬　168
罪《つみ》と罰《ばつ》　182

愛と恐《おそ》れ 194
タキじゃないの！ 206
間に合ってよかった 221
流れる雲 236
みじめな戦《たたか》い 252
たえられぬ屈辱《くつじょく》 263
めぐり合い 275
野性の呼び声 287
憎《にく》きゴンを追って 302

柱状節理と忠別川の夕焼け（一部　撮影：大塚友記憲）

懐《なつ》かしい故郷《ふるさと》　315
まぼろしの王　325
作者《さくしゃ》のことば　335
解説　つまずいても強く生きる（戸川久美）　337

物語に出てくる滝見台は、羽衣の滝のすぐ近くにあったようです。この写真は、天人峡温泉から化雲岳に通じる登山道の途中にある滝見台からの眺めですので、物語の滝見台とは別のところです。しかし、落差270mの羽衣の滝と、標高2291mの旭岳という二つの「北海道一番」が望めるこの風景、イメージを膨らませていただくのには最高の場所となっています。約40分〜1時間で登れますので、ぜひ訪れてみてください。
（撮影：大塚友記憲）

牙王物語

きば　おう　もの　がたり

自由を求めて

北海道《ほっかいどう》の中央に、春が来ても雪をかぶり、白く輝《かがや》いている高い山があります。

その昔、北海道一帯に住んでいたアイヌたちは、その山を「ヌタクカムウシュッペ」と呼んでいました。「ヌタクカムウシュッペ」というのは、「沼《ぬま》や川がたくさんあり、神さまの住んでいる高原」という意味です。

アイヌたちは、弓と矢を持って原生林《げんせいりん》をくぐり、白い雲のただよう、その山頂《さんちょう》にまで行きました。そして、不思議《ふしぎ》なほどひっそりとした沼や、今までに見たこともないような花を見つけました。

アイヌたちは、あまりにも美しい山の姿に、あっと言って驚《おどろ》きました。

「これは、神の国に違いない。山の神さまのいるところだ！」

と、大地にひざまずいて、心からお祈《いの》りをささげました。

この山こそ、今日、北海道の大屋根《おおやね》といわれる大雪山連峰《だいせつざんれんぽう》なのです。

「大雪山《だいせつざん》」なんという雄大《ゆうだい》な呼び名でしょう。

山と山が、肩を寄せ合い助け合っているようにも見えます。怒《いか》り狂《くる》った大きな波が押し寄せてくるようにも見えます。そんな連峰《れんぽう》です。

山々は石狩《いしかり》、十勝《とかち》の両国（現在の上川、十勝総合振興局）にまたがっています。北《ほっ》海道《かいどう》の中央に二三万ヘクタールも広がっている高地です。それはちょうど、神奈川県《かながわけん》くらいの広さです。

「大雪山」それは、一つの峰《みね》につけられた名前ではありません。北海道《ほっかいどう》の最高峰《さいこうほう》二二九一メートルの旭岳《あさひだけ》を中心とする大雪山群《だいせつざんぐん》と二〇七七メートルの十勝岳《とかちだけ》を中心とする十勝火山群《とかちかざんぐん》、これとまったく地質の違った石狩連峰《いしかりれんぽう》、然別湖《しかりべつこ》をふもとにかかえこんだ然別鐘状火山群《しかりべつトロイデぐん》などによって囲まれた城のような区域をひっくるめて大雪山というのです。

山々には、ハイマツ、エゾマツ、トドマツ、エゾイタヤ、タケカンバ、シラカバ、ブナ、ドロノキなどの原生林《げんせいりん》が陽の光をさえぎって、茂《しげ》っていました。目も眩《くら》むような、断崖絶壁《だんがいぜっぺき》もたくさんあります。

人間がほとんどふみこんだことのないような山奥ですから、ヒグマをはじめとして、たくさんの動物が棲《す》んでいました。キタギツネ、エゾシカ、エゾイタチ、エゾテン、エゾノウサギ、ナキウサギ、シマリスやオオワシも棲んでおります。オジロワシ、ワシミミズク、タカ、エゾライチョウ、ホシガラスなど、野生の鳥や獣《けもの》も棲んでいる、自由で楽しいところでした。

もう春でした。

大雪の峰々《みねみね》には、まだ白い雪が固く残っております。しかし、里のほうは、すっかり春らしくなりました。

楽隊《がくたい》の響《ひび》きが聞こえてきます。

楽隊などは、めったに来ません。だから、上川町《かみかわちょう》やその近くの人々は、楽《がく》の音に誘《さそ》われて、ぞろぞろと集まってきました。楽隊の演奏を聴《き》くと、ひとりでに心がうきうきとしてきます。何年かに一度、町外《まちはず》れに小屋がけをするサーカスがやって来たのです。

一頭のインド象が、もの珍《めずら》しげな見物人たちに、さかんに愛嬌《あいきょう》をふりまいていました。

「東京サーカス」の一座です。

空中ブランコや玉乗り、自転車曲芸《きょくげい》、綱渡《つなわた》り、はだか馬の曲乗《きょくの》り、手品、空中ダンスなど、いろいろな番組を組んで、お客を喜ばせました。

一番の呼びものは、ライオンのネロと格闘《かくとう》する、ヨーロッパオオカミのレッド・デビル（以下、デビルと略）の芸でした。

ヨーロッパオオカミは、世界のオオカミ族のなかでも最も大きく、立派《りっぱ》で、堂々としています。デビルは、そのヨーロッパオオカミのなかでも、最も大型といわれるピレネー地方の生まれでした。

雌《めす》でしたが、シェパードの大きな雄《おす》よりも、もっと大きな身体をしていました。身体は大きいのですが、体重となるとシェパードの半分もありません。

きりきりと引き締《し》まった四本の足、切れこんだ腹、見るからに身軽《みがる》なスタイルです。

「ただ今からライオンとヨーロッパオオカミの、レスリング大試合を行いまあーす」

背の低い猛獣訓練士《もうじゅうくんれんし》が言いました。

デビルは、犬などは到底跳《とうていは》ね上がれないところまで飛び上がります。くるりと、宙《ちゅう》返《がえ》りもやります。

ネロとデビルは、いたずらのつもりでやっているのでしょうが、見ている者にとっては、手に汗《あせ》を握《にぎ》るほどのスリルがあります。

デビルは、さんざんにライオンのネロをからかい、堂々と引《ひ》き揚《あ》げていきます。

「ヨーロッパオオカミちゃ、すごい猛獣だなァ」

お客は、いっせいに拍手をおくりました。

レッド・デビル――日本語で赤い悪魔《あくま》という意味です。戦いの最中に、白い牙《きば》の間から見せる真っ赤な舌と、ぎらぎらした目から、そんな名前をもらったのでしょう。

その夜、デビルは、くたくたに疲《つか》れていました。

ちょうど日曜日だったので、デビルは、その日、三回も芸をやらされたのでした。

それだけに、その晩《ばん》は、不機嫌《ふきげん》でした。

背の低い猛獣訓練士の助手《じょしゅ》として雇《やと》った峰公《みねこう》という若僧《わかぞう》は、動物の扱《あつか》い方をよく知

レッド・デビルとライオンの格闘《かくとう》

っていません。その上、こすっからくて、動物の餌代《えさだい》までごまかし、肉を少しずつ減らしていたのです。

デビルは、峰公《みねこう》が大嫌《だいきら》いでした。

どんなに上手《じょうず》に芸をやっても、峰公は、

「ほれ、さっさと入れ」

と、デビルを蹴飛《けと》ばし、犬小屋に追《お》い込《こ》むのでした。

デビルは、小さい時から、このサーカスで育てられていましたから、自分でも、オオカミでなく犬だと思っていました。サーカスにも犬が飼われていました。

ところが、この頃は、時々へんな気持ちになることがありました。自分の身体の中の、オオカミの血が騒《さわ》ぐのです。

ライオンのネロと格闘《かくとう》していた時も、そんな気持ちになりました。

ネロは、まだ若いライオンでしたから、ふざけるのが好きです。デビルも、ついこの間までは、ネロと同じような気持ちでしたが、この頃では、ふざける気もしません。

そこへ今夜は、食糧《しょくりょう》も少なかったので、怒《おこ》りっぽくなっていました。

シェパードのエレンが、親しげにそばにやってきた時も、デビルは、いきなりエレンの首筋《くびすじ》に牙《きば》を立ててしまいました。

「ギャ、ギャーン、キャン、キャン……」

エレンは大きな泣き声をたてて、小屋のすみに縮《ちぢ》こまりました。デビルは、ほんの少し咬《か》んだつもりでしたが、やはりヨーロッパオオカミの牙です。エレンは思いがけないほど傷《きず》を負《お》ってしまいました。

峰公《みねこう》が走ってきました。

峰公は、血をたらしているエレンを見て、すぐに犯人がデビルであることを知りました。

「この野郎！」

峰公は、長い鉄の棒《ぼう》を柵《さく》の間から差《さ》し込《こ》んで、デビルの身体を突《つ》こうとしました。

身の軽いデビルが、峰公などにやすやす突《つ》かれるはずがありません。同室の犬たちの身体をこね回して、キャンキャンと騒《さわ》ぎを一層《いっそう》大きくしてしまいました。

「どうしたんだい、一体……」

マキ親方が、ぽりぽりと頭をかきながら、酔《よ》っ払《ぱら》った顔で出てきました。

「へい、デビルの奴《やつ》、エレンを咬《か》みましたんでね」

「デビルが……？　おとなしい奴《やつ》だがな」

親方《おやかた》は、そう言って犬小屋に近寄りました。

マキ親方は、デビルの入っている犬小屋に顔を寄せて、

「おいデビ公、どうしたい。何を怒《おこ》ってるんだい」

と、声をかけました。

デビルは、マキ親方によくなついていました。

「おい、訓練士《くんれんし》はどうしたい？」

マキ親方は、振り返って峰公に聞きました。

「へえ、さっき出かけました」

「またか……」

マキ親方は、舌打《したう》ちをしました。背の低い猛獣《もうじゅう》訓練士は、毎晩《まいばん》お酒を飲みにゆく癖《くせ》がありました。

「飲むのもいいが、ちゃんと始末《しまつ》してからにしてくんなくちゃあ……」

マキ親方《おやかた》は、ぶつぶつと口の中で小言《こごと》を言います。それから、

「もう春だな、デビ公がいらいらするシーズンなんだ。こういう時は、ほかの犬と離《はな》さなくちゃいけねえんだよ」

と、言いました。

「じゃ、どうします？」

「そうだ、月の輪グマの檻《おり》が一つ空《あ》いてたな。あれに移《うつ》して、少しゆっくりさせてやれ。怒《おこ》らしちゃ駄目《だめ》だぞ」

マキ親方は、そう言って自分の部屋に戻《もど》っていきました。すると峰公《みねこう》は、

「やい、てめえが暴《あば》れやがるから、仕事が増えちまったじゃねえか……」

と、ぶつぶつ言って、デビルを移《うつ》し替《か》えようとしました。

デビルは、それまで人間に一度だって逆《さか》らったことがありません。

だから、サーカス一座の者はオオカミだとはいっても、おとなしい奴《やつ》だと思い込んでいました。

その上、シェパードによく似ていたので、動物をよく知らない峰公は、デビルをシェパードと同じに考えていたのです。

「やい、さっさと入れ」

と、峰公がデビルを引きずり出そうとした時、デビルは、カーッと怒りがこみ上げてきました。

おとなしくても、デビルは、もともと気の荒《あら》いヨーロッパオオカミです。デビルはネロと戦う時のように、素早《すばや》く跳《は》ね上《あ》がり、峰公の頬《ほほ》から顎《あご》にかけて、ずばりと引《ひ》き裂《さ》きました。

「ギャーッ、こん畜生《ちくしょう》！」

と、峰公は右手で振り払おうとしました。

が、次の瞬間《しゅんかん》、右腕《みぎうで》にデビルの鋭《するど》い牙《きば》を立てられ、引き倒されてしまいました。

峰公《みねこう》は、悲鳴《ひめい》を上げました。サーカスの人たちが飛び出してきます。

するとデビルの首から肩《かた》にかけての針毛《はりげ》が、さあっと逆立《さかだ》ちました。オオカミの気持ちがよみがえってきました。デビルは、後ろのほうで騒《さわ》ぐ人間の声を聞きながら、夢中《むちゅう》になって走りました。

絶対《ぜったい》に傷《きず》をつけてはいけないと思っていた人間に、牙《きば》を立ててしまったのです。

牙を立てた以上は、人間に殺される。デビルは、そう思ったのです。

デビルは逃《に》げました。

尾を下げて、軽い足取りで、すべるように逃《に》げます。マキ親方《おやかた》の声が、たった一度だけ聞こえたような気がしましたが、デビルはそれでも逃《に》げました。

「さあ、自由になったんだ。早く戻《もど》ってこい！」

と、森が呼んでいるような気がしました。

道は緩《ゆる》やかでしたが、ずっと上りでした。デビルは、山へ山へと走りました。

道に沿《そ》って、水音が響《ひび》いてきます。石狩川《いしかりがわ》の流れでした。

月はありませんでしたが、晴れていて星が降るようでした。

黒岳《くろだけ》、桂月岳《けいげつだけ》、凌雲岳《りょううんだけ》、北鎮岳《ほくちんだけ》が、雪があたるために、夜空にもくっきりとそびえて見えました。風が氷のように冷たく感じられます。

しばらく行くと、人家《じんか》の灯りが点々と見えました。層雲峡温泉《そううんきょうおんせん》の灯りです。

デビルは、人家に近づくのを怖《こわ》く思いました。町の気の荒い北海道犬《ほっかいどうけん》が吠《ほ》えつきましたが、デビルは問題にしませんでした。デビルのほうが、ずっと足が早いのです。

エゾマツやトドマツの林を越えると、目も眩《くら》むほどの絶壁《ぜっぺき》が、えんえんと続いていました。その崖《がけ》から落ちる滝の音が、ゴーゴーと響《ひび》いてきます。

デビルは、咽喉《のど》が渇《かわ》いてきました。そこで、銀河《ぎんが》という滝の滝壺《たきつぼ》近くに寄って、前足を縮《ちぢ》め、ピチャピチャと音を立てて水を飲みました。

水の冷たさが腹《はら》にしみます。

その時、ふっと獣《けもの》の気配《けはい》を近くに感じました。デビルは、さっと飛び退《の》きました。すぐそばにデビルと同じくらいの大きさの、耳の立った犬が立っていたのです。

その犬は、尾を振《ふ》って、そろそろと用心しながら寄ってきました。二匹は、鼻をつき合わせ、互《たが》いに、相手の周囲をぐるぐる歩き、そして、親しげに、並んで山に走っていきました。

魂《たましい》の芽生《めば》え

夏が来ました。

一年中で、一番明るい六月の空が広がっています。

この広く大きい大雪山連峰《だいせつざんれんぽう》の、原生林《げんせいりん》の上にも広がっています。川辺に水を飲みに来るヒグマやエゾシカや、そのほかたくさんの野生の獣《けもの》たちに、六月の空は笑って話しかけているようです。

石狩岳《いしかりだけ》や、トムラウシ山や、旭岳《あさひだけ》の頂《いただき》からは、夏らしい積乱雲《せきらんうん》が湧《わ》き上《あ》がってきます。

旭川市《あさひかわし》や上川町《かみかわちょう》では、人々は、額《ひたい》に汗《あせ》を浮《うか》べて働いていました。

しかし、石狩川《いしかりがわ》の上流、ホロカイシカリ川の奥では、光も空気も風も、まだ夏の気《け》配《はい》を見せていません。

ようやく春が終ろうとしているような気配《けはい》です。

岩のすぐ上の、真っ暗い針葉樹林《しんようじゅりん》の中から、川の中ほどに向かって倒れ込んでいる大木がありました。根元の差《さ》し渡《わた》しが、二メートルほどもあろうかと思われるトドマツの古い木で、五、六〇〇年は経《た》っているに違いありません。

もうだいぶ昔に倒れたと見え、ぼくぼくに腐《くさ》り、コケがはえていました。そこからまた、新しい芽《め》さえ出ています。

その倒れた木と、岩で保護された洞窟《どうくつ》に、デビル一家がありました。

確かにデビル一家です。デビルが産んだ五匹の小ちゃな、不恰好《ぶかっこう》な赤ん坊もいます。デビルは、この洞窟《どうくつ》で、赤ん坊を産んだのです。デビルは、生まれてくる一匹ずつを、温かい舌でピチャピチャと舐《な》めました。

赤ん坊たちは、生まれたばかりなので、汚《よご》れてぐっしょりと濡《ぬ》れていました。それを、何度も何度も舐め返して、綺麗《きれい》にすると、フカフカしたお腹《なか》の毛で包《つつ》んでやりました。

赤ん坊オオカミは、一匹が綺麗《きれい》に仕上がると、次の奴《やつ》が生まれてきました。そうやって、デビルは何時間もかかって五匹の赤ん坊を産みました。

洞窟《どうくつ》の外を風が渡《わた》り、かさっという木の葉の音を立てても、デビルの肩毛《かたげ》は逆立《さかだ》ちました。唸《うな》り声が自然に口から洩《も》れます。

一日目は、母オオカミは、まったく穴から出ようとしませんでした。

二日目になって、デビルは、非常に咽喉《のど》が渇《かわ》いてきました。そこで用心しながら、そっと洞窟の入り口に這《は》い出てみました。

穴は倒れた大木の下に開いていて、岩の陰《かげ》にありました。そしてその辺りには、エゾネマガリザサとシダとが覆《おお》っていて、外から見ても、ちょっと分からないようになっていました。

デビルは、そろりと外に出ました。ふっと獣《けもの》の臭《にお》いが鼻《はな》をかすめます。デビルは、白い牙《きば》を出してカーッと怒《おこ》りました。

デビルに怒鳴《どな》られた相手は、いつかの、あの滝壷《たきつぼ》の犬でした。ちょうどデビルにエゾライチョウをおみやげに持ってきたところです。

その犬は、黒褐色《こっかっしょく》の毛で、耳の立った大きな奴《やつ》でした。尾はフサフサしていてデビルの尾に似ていましたが、違っているところは尾が巻き上がっていることです。

北海道犬《ほっかいどうけん》と樺太犬《からふとけん》との混血《こんけつ》で、母犬からは激《はげ》しい気質《きしつ》を、父犬の樺太犬からは、たくましい身体を受けついでいました。名前はテツというのです。本間《ほんま》カネトという人の飼い犬でした。

アイヌの猟師《りょうし》、本間カネトの家は、このホロカイシカリ川のずっと下流の、石狩川《いしかりがわ》の支流である、ニセイチャロマップ川とぶつかった、大函《おおばこ》というところにありました。テツはカネトに連れられて、大雪山《だいせつざん》にヒグマを追い、シカを追いました。春になって猟《りょう》の時期が終わると、カネトは鉄砲《てっぽう》を置き、登山者《とざんしゃ》や観光客相手にクマ彫《ほ》りなどを作って売りました。

だからテツは、カネトの一人息子のヨシトについて山に登りました。

ヨシトは、中学を去年卒業していました。雪が解けると父の手伝いをして、父の彫り上げた彫刻《ちょうこく》や、缶に詰めたアイスクリームを黒岳《くろだけ》小屋まで運び上げて、登山者に売っていました。

テツは、山が好きでした。カネトが山に入らない季節には、たいていヨシトについていきました。

飼い犬とはいっても、テツは普段《ふだん》は山に野放《のばな》しにされていた猟犬《りょうけん》です。だからテツは、勝手にノウサギを押さえたり、ライチョウを捕《と》らえたりしました。

そういうテツとデビルの間に、五匹の赤ん坊が生まれたのです。

デビルは、赤ん坊を産む頃から怒《おこ》りっぽく、疑い深く、あたりにひどく気を遣《つか》っていました。テツでさえ、そばに近寄ることができません。

テツは、それを知っていたので、くわえてきたエゾライチョウを地面にそっと置くと、少し離れた川岸に腰を下ろして、デビルの様子《ようす》を見守りました。

デビルは、立ち止まり、ちょっと肩《かた》をそびやかしてテツを眺《なが》め、それから流れに口をつけてピチャピチャと水を舌ですくいました。昨日から一滴《てき》も水を飲んでいないのです。

デビルは随分《ずいぶん》と長く水を飲みました。お腹《なか》も空《す》いていました。テツの運んでくれたエゾライチョウの、旨《うま》そうな匂《にお》いがプンプンします。

しかし、洞窟《どうくつ》でミイミイ鳴く赤ん坊の声を耳にすると、急いで穴の中に走り込みました。

五匹の、赤ん坊オオカミは、まだ目も開いていません。デビルは、赤ん坊たちのそばにどさりと横になると、温かい舌で一匹ずつひっくり返して、お腹を舐《な》めてきれいにしてやりました。

赤ん坊たちは、自分こそ一番大きい乳房《ちぶさ》をとろうと、大騒《おおさわ》ぎをします。

五匹のうち、三匹は雄《おす》で、二匹は雌《めす》でした。

そして、雄の三匹のうち一匹だけ飛びぬけて大きい赤ん坊がいました。

その赤ん坊が、最初に生まれてきたに違いありません。犬やオオカミのように、一度にたくさん子どもを産む獣《けもの》の赤ん坊は、大きいものから順に、この世に送りだされてくるのです。

それにしても、この赤ん坊は、まるっきり大きくて、一番おしまいに生まれた雌の二倍近くもありました。

だから元気がよくて、弟や妹を押しのけて、いつも一番いい場所をとっていました。

それでその子は、ほかの四匹よりも、ぐんぐんと大きくなっていきました。

父親のテツは、せっせとエゾウサギやノネズミを運んできました。テツは、それで

お乳を飲むデビルとテツの子どもたち

も二日に一遍《ぺん》か、三日に一度は、大函《おおばこ》の主人の家に帰っていきます。そして、また、デビルのところへ、こっそり戻ってきました。

　デビルは、だんだんとテツを用心しなくなりました。洞窟《どうくつ》の入り口近くまできても怒《おこ》りません。そして、テツのくわえてきた獲物《えもの》を、ろくに噛《か》まずに平らげてしまうのです。

　エゾハルゼミの声が、洞窟《どうくつ》の外の針葉樹林《しんようじゅりん》でおこりはじめる頃、赤ん坊たちの目が開きました。まだ薄い膜《まく》がかかっていて、よく見えないようです。

　デビルも、もうこの頃になると、だいぶ安心して外出するようになり、自分でも、食べものを探してきました。

　この北海道《ほっかいどう》にも、昔はデビルと同じくらい大きいオオカミが棲《す》んでいました。だが、家畜《かちく》を荒らすというので、明治時代になってから人間の手で、一匹残らず殺されてしまいました。

　この島はデビルが生きてゆくには、都合《つごう》よくできていました。

　エゾオオカミがいなくなったので、エゾシカはオオカミ仲間にビクビクすることもありません。だからデビルは、割合かんたんに、旨《うま》い餌《えさ》にありつくことができたのです。

暮らしが楽になったので、デビルは、マキ親方《おやかた》らの人間の恩《おん》もこれっぽっちも思い出さなくなりました。

子どものオオカミたちは、日一日と、目に見えて大きくなっていきます。上になり下になったりして、ふざけあっています。

だんだんと、鋭《するど》い牙《きば》も生えてきました。もう乳離《ちちばな》れの時期が来ていたのです。デビルの乳房《ちぶさ》が、小さな鋭い牙で傷つくようになると、デビルは子どものオオカミにお乳をあげなくなりました。

その代わりに、捕《と》らえてきた獲物《えもの》の肉を噛《か》んで、吐《は》き出《だ》しては子どものオオカミにあげるのでした。

子どもたちは、ガツガツと食べました。まだ、お乳の欲しいような顔をしている子どもには、怖《こわ》い顔をしてみせました。

身体がだんだんできてくると、子どもたちのふざけかたも激《はげ》しくなってきます。耳や尾や足に、傷をつけることもあります。

なかでも、あの一番大きい身体の兄のオオカミは、ぐんぐん大きく強くなって、弟や妹を完全に押さえています。牙も、一番大きく鋭《するど》くなりました。

デビルは、子どものなかで、特にその牙の大きいオオカミに目をつけました。鼻の先で、わざと押して転《ころ》がします。すると、それに逆《さか》らってきます。だが、また転がされてしまいます。

デビルは、この兄のオオカミを強くしようと思っているのです。

（私はここで、この兄のオオカミに「キバ」という名前をつけておきましょう）

知るということ

一か月が過ぎました。

洞窟《どうくつ》の外では、エゾハルゼミに代わって、ニイニイゼミやエゾゼミ、コエゾゼミ、アブラゼミがやかましく鳴き立てていました。

氷河時代《ひょうがじだい》の生き残りといわれるアサヒヒョウモンチョウが、ヒラヒラと洞窟の前の川辺に飛んできます。

ヤブカが二匹、ぶーんとデビルの耳の周りにまつわりついてきました。デビルは、ピクピクと耳を動かしてそれを追っています。

もう、アブやブヨの季節です。

デビルのいるところは、とても便利でしたが、川のそばなのでアブやブヨやヤブカが多くて大変でした。

だからデビルは、近いうちに、子どもがもう少し山歩きできるようになったら、害虫のいないお花畑のほうに移ろうと思っていました。

ヤブカの数が増えてきたので、デビルはのっそりと立ち上がって森の中へ入っていきました。

洞窟の外では、今、ひと騒動《そうどう》がもち上がったあとでした。さっき、デビルがエゾイタチを捕《と》らえてきて、五匹の子どもたちの真ん中に放り出したからです。

「もう、そろそろ自分の力で獲物《えもの》を獲《と》ってごらん」

という母親の教育なのです。

エゾイタチは、傷《きず》ついて少し弱っていましたが、まだ戦う力をもっています。子どもたちは、生きた食べものに出会ったのは、これが初めてです。

イタチも怒《おこ》っています。

五匹の子どもたちは、先を争ってエゾイタチに飛びかかっていきました。

キバの性質は、父犬のテツに似ています。

二番目に大きい雄《おす》は、オオカミらしくガツガツしていました。

三番目の雄は、臆病《おくびょう》で、やたらに咬《か》みつくのでした。(黒い毛が多いから、こいつ

エゾイタチと戦うデビルの子どもたち

を「クロ」と呼びましょう）

雌《めす》の二匹は、どちらも犬に似ていました。

だから、牙《きば》を剥《む》いて身構《みがま》えているエゾイタチに、まっ先に飛びかかっていったのは、二番目に大きい雄《おす》の赤耳でした。

そのあとに、クロが続きます。

エゾイタチは、傷ついていたけれども、戦いには慣《な》れています。ひらりと身をかわして赤耳の鼻に、鋭《するど》い牙を立てました。

赤耳が、悲鳴《ひめい》を上げて飛《と》び退《の》きます。するとエゾイタチは、後ろにいたクロの耳を引《ひ》き裂《さ》いて、また、じっと身構《みがま》えました。

イタチは、もともと北海道《ほっかいどう》にはいなかった動物です。人間の運ぶ荷物などにまぎれ込んで東北地方《とうほくちほう》から移ってきたものです。イタチは、函館《はこだて》からだんだんと北に向かって増えていきました。

寒いから毛がたくさん生えてきました。食べものがありましたから、太ってきました。北海道に移ってきてイタチは、ぐっと大きくなりました。

デビルが捕《と》らえてきたイタチは、そのなかでも特に大きな奴《やつ》でした。子どものオオカミは、退治《たいじ》するのに骨を折るはずです。

今度は、キバの番でした。

キバは、ほかの兄弟のように、がむしゃらではありません。じっと隙《すき》をうかがっています。

デビルが、ぴくりと前足を動かしました。イタチは、はっ、、としてそのほうに気を取られました。

この隙を、キバは逃《の》がしませんでした。キバは、さっと襲《おそ》いかかり、エゾイタチの咽喉首《のどくび》に長く鋭《するど》い牙《きば》を立てました。

「キイ、キイ、キイ……」

エゾイタチは、怒《いか》り狂《くる》って、首を回してキバの顎《あご》に咬《か》みつきました。

キバは、母オオカミのデビルに、たびたび咬みつかれていましたが、それは加減《かげん》をした咬み方です。

エゾイタチは、本気です。キバは目の前がぼうっと暗くなり、呼吸が止まりそうになりました。

　しかし、キバは我慢《がまん》をしました。

　そして、ギュッと咬んだ顎の力を緩《ゆる》めませんでした。

　エゾイタチは、しだいに弱り、ついに岩壁《がんぺき》に押し付けられ、駆《か》け寄ってきた四匹の兄弟たちに、ずたずたに引《ひ》き裂《さ》かれてしまいました。

　イタチの肉はキバが一番多く食べました。あまりたくさん食べて眠《ねむ》たいような、いたずらをしたいような気持ちになりました。

　キバは、薄暗くなっている、洞窟《どうくつ》の入り口のほうに歩いていきます。

　母親のデビルはそれを見つけると、

「坊《ぼう》や、まだ早いよ」

というように、身体でキバを押《お》し退《の》けたり、首筋《くびすじ》をくわえて連《つ》れ戻《もど》したりしました。

　キバは、眩《まぶ》しい外の世界が不思《ふし》議《ぎ》でなりませんでした。

　洞窟の前には、ホロカイシカリ川が流れています。キラキラと光っています。

　キバは、そっと前足を踏み出してみました。そして、また引っ込めました。こうしてキバは、だんだんと外に出てみたいという気持ちが強くなってきたのです。

キバは、デビルのいなくなるのを待って、とうとう外に出てみました。地面は熱かったが、洞窟《どうくつ》の中よりはよほど歩きよいと思いました。

キバは走りました。そして川のそばまでくると、いきなりザブザブと中に入っていきました。身体が沈《しず》むので、びっくりして上がります。

足やお腹《なか》が濡《ぬ》れて冷たくなりました。キバは、そっと舐《な》めます。

キバは、川というものを、初めて知ったのです。

キバは、岸辺に立って、しばらく川を眺《なが》めていました。そのうち一本の木が流れてきました。二メートルほどの長さの、かなり大きい木です。

それが、キバの前でちょっと止まりました。

キバは、ふんふんと臭《にお》いを嗅《か》ぎ、次には、その木にピョンと飛び乗ってみました。

その勢いで、木はぐらりと揺《ゆ》れ、キバを乗せたまま岸辺を離《はな》れてしまいました。

キバは慌《あわ》てました。

飛び降りようとしましたが、木は、もうずっと岸辺を離《はな》れています。木の上をあっちに歩き、こっちに歩きしているうちに、木はどんどん流されていきました。

歩くたびに木が揺れるので、キバは木の上で腹《はら》ばいになりました。

木は、ぐんぐん流されていきます。

キバは、飛沫《しぶき》でびっしょり濡《ぬ》れてしまいました。

高い絶壁《ぜっぺき》が目の前に迫《せま》ってきます。流れは勢《いきお》いを増しました。

滝です。

キバは、いきなり空中に飛ばされました。そして水の中に落ちました。白い泡《あわ》の中で、夢中《むちゅう》になってもがきます。しかし、なかなか流れの中から出ることができません。

キバは水を飲みました。鼻からも水が入ります。

息が苦しくなります。キバは、ぐったりとなりました。その瞬間《しゅんかん》です。

キバは、自分の身体が、すーっと軽くなるのを感じました。

「これは、このままじっとしていたほうがいい」

と、キバは思いました。

キバは、流れに乗って、すーっと滝壺《たきつぼ》から吐《は》き出《だ》されたのです。ためしに、足でそ

倒木《とうぼく》に乗って流されるキバ

っと水をかいてみました。身体が前に進みます。
耳をぴたりと後ろに引きつけて、鼻を上げ、慌《あわ》てずに四本の足を動かすと、身体は
スイスイと前に進むではありませんか。
キバは、こうして泳ぎを覚えました。
泳ぎを覚えてしまうと、水は、怖《こわ》いものではありません。キバは、落ち着いてぐん
ぐんと泳ぎ、岸に近づきました。
足が川底に着きます。
岸に上がって、ブルブルッと身体を振《ふ》ります。
水が花火のように、乾《かわ》いた土の上に飛び散りました。
キバは、へとへとに疲《つか》れていました。
そこで大地の上に、ごろりと横になりました。熱い地面が、身体を暖《あたた》めてくれます。
キバは、長い間ぐったりとしていました。
疲《つか》れがとれてくると、今度は、猛烈《もうれつ》にお腹《なか》が減ってきました。
起き上がってみると、もう日が暮れかけています。

「そうだ、何か捕《つか》まえてやろう」

キバは、自信をもって森の中に入りました。暗くて広い森です。

こそこそ……かすかな物音が、足の下の草の中から聞こえてきました。

キバは、はっと飛《と》び退《の》きました。それっきり、物音はしません。

ふんふんと、臭《にお》いを嗅《か》いでみます。

いつか食べたことのある、ノネズミの臭《にお》いがしました。

夢中になってそこらを引《ひ》っ掻《か》き回しましたが、もうノネズミの姿《すがた》はどこにも見あたりませんでした。

お腹《なか》が、グウッーと鳴ります。

次に見つけたのはエゾノウサギです。冬は真っ白のノウサギも、夏は茶褐色《ちゃかっしょく》でした。

キバは、ノウサギの旨《うま》い味を知っています。

今度は、用心深く、そっと近づきました。

ところが、あと二メートルというところで、ノウサギはキバに気がつきました。ノウサギは、飛び上がって、あっという間に姿《すがた》を隠《かく》してしまいました。

キバは、ぽかんとしています。

獲物《えもの》を捕《と》らえることが、どんなに難《むずか》しいことかをつくづく知りました。

日が落ちると、原生林《げんせいりん》の中は、真っ暗になりました。

母親のデビルがいないので心細くなります。それにお腹が空《す》いて、目が回りそうです。

カサカサ……なにかが近づいてきます。

キバは、うずくまって、じっと相手を見守りました。

真っ暗闇《くらやみ》の中で、目がピカピカと青白く光っています。どうやらキバより大きな動物のようです。

姿《すがた》もキバに似ていました。

二メートルばかり近くになると、相手はぴたりと足を止め、こちらの臭いを嗅いでいるようです。

細い足に細い身体、大きくて長い尾……、みんな母のデビルに似ていましたが、デビルより小さいようでした。

キバは背中の毛を逆立《さかだ》てました。

相手は、しばらく様子《ようす》をうかがっていましたが、ひょいと方向を変えてキバに道を譲《ゆず》りました。

相手はキタギツネだったのです。キバの強い臭《にお》いが気に入らなかったようです。キタギツネの姿《すがた》が木の茂みの中に消え去ると、キバは、のそりと歩きはじめました。キツネが逃《に》げたことで、キバは少し得意《とくい》でした。

しばらく行くと、森の切れ目がありました。星の光で、あたりが薄《うす》ぼんやりしています。

キバは、倒れた木の下まで来ると立ち止まって、ふんふんと臭《にお》いを嗅《か》ぎました。そして、安全なことを知ると、ヒョイと木の上に飛び上がりました。生まれてから一か月くらいの子犬ならば、こんなことは到底《とうてい》できません。

キバにはヨーロッパオオカミの血が流れています。だから犬よりも身体が大きく、育ちも早かったのです。

倒れた木の背は丸くて、ぼくぼくとコケで湿《しめ》っています。その上に座《すわ》りました。今までの冒険《ぼうけん》が思い出されてきます。

アーウォーッ　ウャーン
悲しいような、すごい声が森の奥から聞こえてきます。

キバは、ぴくりと耳を動かしました。

なにか、じっとしていられないような気持ちになります。オオカミの気持ちが高まってきたのです。

ワウー　ワウー
キバも吠《ほ》えました。

前足を立て、腰《こし》を下ろし、胸をはり、まっすぐ星空をあおいで吠《ほ》えるのです。オオカミの吠え方です。

すると、呼びかけの声が、すぐそこまで近づいてきました。その時です。音もなくキバの頭の上を掠《かす》めたものがいます。

キバは、さっと木の上で身を伏《ふ》せました。そして、上目遣《うわめづか》いに敵《てき》を見ました。襲《おそ》ってきた相手は、ワシミミズクでした。この大雪山《だいせつざん》から日高山脈《ひだかさんみゃく》、知床半島一帯《しれとこはんとういったい》の密林《みつりん》に棲《す》んでいるのです。
　ウサギやキツネを襲《おそ》うほどの、夜の王者です。
　ワシミミズクは、耳をピンと立てると、そばの木にいったん止まりました。それから満月のような目を光らせて、
　シュー　シュー
と、驚《おどろ》かしました。
　それがすむと、もう一度パッと飛びかかってきました。キバは身体をかわしてワシミミズクの爪《つめ》から逃《のが》れます。そんなことが、何回も行われました。
　キバは鼻の先に傷《きず》を受けました。
　キバは、初め震《ふる》えるほどの恐《おそ》れを感じました。すると、
　ワーッアオーッ
という、鋭《するど》い叫《さけ》び声が近くで起こったのです。密林《みつりん》を揺《ゆ》さぶるほどのものすごい声です。
　それは母オオカミ、デビルの声でした。

ワシミミズクに襲われたキバ

キバは、急に勇気が湧《わ》いてきました。

ワシミミズクは、じゃま者が来たことを知ってあせります。

腐《くさ》った木の中に潜《もぐ》ったキバを引きずり出すために、ワシミミズクは、思いきり右足を踏《ふ》みこみました。

それにキバが、がっと咬《か》みつきます。

ミミズクもキバの毛皮に爪《つめ》を立てます。翼《つばさ》をばたつかせて、キバを引きずり出そうとするのです。

その時、デビルが駆《か》けつけて来ました。ワシミミズクも、デビルにかかっては、ひとたまりもありません。

キバは、傷こそ受けたけれども、ここでかなりの自信をもつことができたのです。

片目のゴン

朝です。
霧《きり》が冷たい池の水面をゆっくりと流れています。
向こうから歌声が聞こえてきました。

雲の表に　頂《いただき》　みせてよ
空につらなる　りんと連《つら》なる
大雪山《だいせつざん》よ　大雪山
山よ　お山よ　どんどと胸に
燃えて火を吹《ふ》く　男意気《おとこいき》

まだ若い、どこかに子どもっぽいところのある歌い方です。しかし、たいへんいい声でした。

「ヨシト、いい声じゃないか」

別の声が霧《きり》の中から聞こえてきます。やがて山支度《やまじたく》をした男が、霧の中から現れました。

「ああ、先生。嫌《いや》だなあ、聞いてたんですか」

歌った人が、照《て》れて立ち上がりました。池の岸辺には、飯盒《はんごう》が七つ置いてあります。歌をうたいながら、米を磨《と》いでいたらしいのです。

「ほんとうに上手《じょうず》だわ。ヨシトさん、それ何の歌？」

今度は女の声がしました。

二人とも、スラックスをはいて、霧よけにアノラックを着ています。

「人が悪いなあ。みんな隠《かく》れて聞いていたのか」

「隠れてたわけじゃないのよ。ヨシトさんだけに、お炊事《すいじ》させちゃ悪いでしょう。だからお手伝いに来たのよ。ねえ」

布製《ぬのせい》のバケツを下げた娘が、後ろの友だちを振り返って言いました。

二人とも旭川《あさひかわ》の女子高校のマークを付けています。

「そうよ。ねえ、ヨシトさん。今のは、何という歌なの？」

「大雪山《だいせつざん》小唄《こうた》ですよ。この、ひょうたん池はね、ヒグマの巣なんですよ。朝のこんなに霧のある時は、いつも子連れのヒグマが水飲みに来るんで、だからヒグマよけに歌ったんです」

「まあ、怖《こわ》いわ」

「ほんとなの？……」

と、二人の女子高校生は、あたりを見まわし、一人が、

「先生、そうですか？　この辺？」

と、たずねました。

「そうだろうね。ヨシト君は、大雪山のことは、ずいぶん詳《くわ》しいからね。ヨシト君のお父さんの本間《ほんま》カネトさんは、ヒグマ撃《う》ちの名人だし……」

と、三〇歳ぐらいの、先生と呼ばれた人が言いました。

背の高い、がっしりした体格の人です。

風が、さあっと渡《わた》って、池には小さな波が立ちました。

霧《きり》が風に流されていくと、石で作られたトムラウシの山小屋が、はっきりと見えてきました。

「そうです。大雪山連峰《だいせつざんれんぽう》でヒグマの多いところは、この辺と、この尾根の反対側になります。それから今日、これからゆく高根《たかね》が原一帯《はらいったい》です。でも、大丈夫《だいじょうぶ》ですよ。普通のヒグマなら驚《おどろ》かせたり、いたずらしたりさえしなかったら、襲《おそ》ってなんかきませんから……」

ヨシトは、そう言うと両手に七つの飯盒《はんごう》を持ち上げました。

「あら、私たちもお手伝いさせてよ」

女子高生たちは、ヨシトから飯盒を受け取ろうとしました。

それをヨシトは、

「いいんです。これは山案内の仕事ですから……」

と、遠慮《えんりょ》しました。

一行は七人でした。

夏休みももう終わりに近い頃です。

この女子高生たちは、高校生としての最後の夏休みを楽しく過ごすために、仲の良い四人で大雪山連峰の縦走《じゅうそう》を計画したのでした。

四人は、クラス担任の小島竜子《こじまたつこ》先生と、リーダーで体操の先生である島野新太郎《しまのしんたろう》先生を誘ってきたのです。

四人は、二人の先生が好きで、尊敬《そんけい》もしていたからです。

旭川《あさひかわ》の山岳会《さんがくかい》会員である島野新太郎先生は、

「それなら、山案内人として層雲峡《そううんきょう》のアイヌ、本間《ほんま》カネトの息子、ヨシトをつれてゆこう。山をよく知っているから……」

と、言いました。

そして一行七人は、白金温泉《しろがねおんせん》から十勝岳《とかちだけ》に登《のぼ》り、美瑛岳《びえいだけ》、オプタテシケ山を越えて、昨日の晩からこのトムラウシ山の山小屋に泊《と》まっていたのです。

大雪山の夏は、たいへん短いのです。

頂上に近い沼《ぬま》の原《はら》や五色《ごしき》が原《はら》、高根《たかね》が原一帯《はらいったい》の高原では、夏は七月から九月までの、わずか三か月です。あとは、一足飛《いっそくと》びに冬がやって来ます。八月といっても、山の深い谷には雪が残っています。

夏になると、ミヤマリンドウ、ウルップ草、岩ギキョウの紫《むらさき》など、そのほかたくさんの高山植物が花を開きます。

七人は、ここに来るまでに、もう何度も驚《おどろ》きの声を上げていました。あまりにも美しいので夢のようです。

飯盒《はんごう》のご飯が、フツフツと煮《に》えてきます。鍋《なべ》の味噌汁《みそしる》の匂《にお》いが空《す》きっ腹《ぱら》に、グウッーと応えます。

霧《きり》が晴れました。

大きくて、どっしりした景色《けしき》が浮《う》かんできます。

「このトムラウシという山はね、一番特徴《とくちょう》のある山なんだよ。二一四一メートルの高さだが、緯度《いど》からいって本州《ほんしゅう》の三〇〇〇メートルくらいの山にあたるんだよ」

と島野《しまの》先生が、竹の箸《はし》で四人の女生徒たちに説明しました。

「見てごらん、あの峰《みね》は、ほかの峰と違って、ものすごく岩石が重《かさ》なっているだろう。

そうかと思うと、美しい高山植物も、ほかの峰に比べて一番多い。そして、沼《ぬま》も多い。というのは、やはりこの山の気象が、特別だということだね。それから、この辺には、特に珍《めずら》しい動物がいるのを知っているかい？」

四人の女生徒は顔を見合わせました。一人が、

「先生、ナキウサギでしょう」

と、答えます。

四人のなかでは、一番小柄《こがら》でしたが、ハキハキとして明るい性格の娘でした。

「うん、そうだ。さすがに日高《ひだか》の人間だけあるね」

と、島野先生が笑いながら言います。

日高早苗《ひだかさなえ》というのがその娘の名前です。この先にある忠別岳《ちゅうべつだけ》から流れる忠別川《ちゅうべつがわ》に沿った、東川村（現東川町）にある日高牧場の娘でした。

「ナキウサギというのは、日本では大雪山《だいせつざん》、それもこのトムラウシ山と然別湖《しかりべつこ》付近《ふきん》の六〇〇メートル以上の岩山にしかいないんだ。ちょっと見たところ、ウサギというよりネズミみたいだが、歯や骨の形を調べると、やっぱりウサギなんだ。だから動物学

大雪山の珍しい動物ナキウサギ

上では、特別にナキウサギ科というのを作ってある。冬が近づくと岩の間に木の葉を集め、冬の間中《あいだじゅう》それを食《く》って穴ごもりをしているんだ。アメリカのナキウサギの例では、一トンも木の葉を集めたという話があるくらいでね」

「先生、あんな小さな身体で、ひと冬にそんなに食べるんですか」

後ろで食事の支度《したく》をしていた小島《こじま》先生までが質問します。

「そうなんですよ。もっとも一匹ではないでしょうがね。ナキウサギは、たいてい一家族、五、六匹が一緒《いっしょ》にいますからね」

と、島野《しまの》先生が答えました。

「小島先生はナキウサギをご覧になったことがあるんですか」

山下久子《やましたひさこ》という娘が質問しました。旭川市《あさひかわし》の旅館の娘です。

「ええ、札幌《さっぽろ》の動物園でね。モルモットぐらいの大きさね」

「どんな、啼《な》き方をするんですか」

「さあ、それは聞かなかったけれど……」

「キイとシイの間の、金属的《きんぞくてき》な声を出しますよ。夜に多く啼きますがね。曇《くも》りの日だとか、霧《きり》の深い時は昼間でも啼《な》きます。さっきも、ずいぶん啼いていた」

と、ヨシトが言いました。

「ああ、さっき啼いていた……あれがそうなの？　私、鳥だと思ったわ」

と、小室陽子《こむろようこ》が言いました。

「それから、もうひとつはエゾサンショウウオだね。その池にもたくさんいるよ」

島野《しまの》先生がエゾサンショウウオについて説明していたとき、ヨシトについて一緒《いっしょ》に来ていたテツが、頂上から駆《か》け下りてきました。

テツはヨシトのそばに来ると、クウ、クウンと鼻声をだし、足をばたつかせました。何かを訴《うった》えているのです。

「どうした、テツ」

ヨシトは、テツの興奮《こうふん》した様子《ようす》をじっと見ていましたが、

「テツがばかに気が立っている。おやじが出たのかな」

と、つぶやきました。

北海道《ほっかいどう》ではヒグマのことを、おやじというのです。

「おやじが出たんだって……？」

と、島野先生が聞きます。

みんなの顔の色が、さっと変わりました。

「いや、まだ分かりませんけど……。おいテツ、どうしたんだ」

ヨシトは、しゃがみ込んでテツの首に手をかけました。テツは続けて、クウ、クウンと訴えます。

「おかしいな、ヒグマなら、こいつ毛を逆立《さかだ》てるはずだが……」

テツは、興奮《こうふん》はしていましたが、怒《おこ》ってはいないようです。

テツは、もう待ちきれないとでも言うように、また尾根のほうへ駆《か》け登《のぼ》っていきました。

「とにかく、ちょっと見てきますよ」

ヨシトはそう言い残すと、テツの後を追って駆《か》け出《だ》しました。

「危《あぶ》ないわよ」

「ヒグマだったらどうするの」

「おーい、ヨシト戻れよ」

と、みんなは声を揃《そろ》えて叫《さけ》びましたが、ヨシトの姿《すがた》は、ずんずん遠ざかっていきました。

テツに続いてヨシトが登《のぼ》って来るのを、デビルは断崖《だんがい》の上からじっと見下ろしていました。

そして、そのそばには、もうかなりオオカミらしくなった五匹の子どもたちが控《ひか》えていました。

デビルにとっては、久しぶりに聞いた人間の声です。また久しぶりに見る人間の姿です。

サーカスのテントから抜け出して、五か月の密林《みつりん》の生活は楽しいものでした。

赤ん坊を産んでからは、人間に近づくことも用心するようになっていました。

デビルは、やはりオオカミなのです。犬ではありません。

テツはどんなに密林の中をさまよっても、カネトやヨシトを忘れません。テツは犬だからです。オオカミと犬との違いでした。

ヨシトとテツの様子を見るデビル母子

デビルは、テツが近づいてくるのは、たいして気にしませんでしたが、人間のヨシトが近づいてくるのは気になりました。

初めて見る人間の姿《すがた》に驚《おどろ》いている子どもたちを、デビルは追い立てるようにして、ハイマツの林の中に隠《かく》れました。

テツも続いてハイマツの林の中に入りました。

ヨシトが、大声でテツを呼びました。テツは、デビルたちの後を追っていましたが、主人の声を聞くとしぶしぶ戻ってきました。

島野《しまの》先生と五人の女性たちは、しばらくしてから息を切らして登《のぼ》ってきました。

「もしかしたら……ヒグマだと危ないと思って……」

島野先生が言います。

「それはどうも……」

ヨシトは、みんなに頭を下げてから、

「先生、北海道《ほっかいどう》にはまだオオカミがいますか?」

と聞きました。

「オオカミ？　どうして？」

島野先生は、変な顔をして聞き返しました。

「どうも、今ここにいたのは、オオカミのようでした」

「間違《まちが》いだろう」

島野先生は、はっきり言います。

「もちろん、北海道には昔はオオカミがいたんだよ。それも素晴《すば》らしく大きな奴《やつ》がね。札幌《さっぽろ》の博物館に標本《ひょうほん》があるだろう。ヨーロッパオオカミよりも大きいのがいたらしいんだ。もともと日本は、大陸とは地続《じつづ》きだったんだからね。オオカミも大陸から移ってきたんだろう。最初に大陸から来たオオカミは、シベリア系の大型オオカミでね。この化石は洪積世《こうせきせい》の地層《ちそう》から発見されているんだ」

「先生、洪積世というと、何万年ぐらい前なんですか？」

と、早苗《さなえ》が聞きました。

「数万年から数十万年の期間でね。この頃日本に移ってきたのが北海道系の大型オオカミなんだ。ところがその後、北海道と本州《ほんしゅう》の間に海峡《かいきょう》ができた。そのため北海道と本州《ほんしゅう》では、動物相《どうぶつそう》が非常に違うのだがね……」

「それが先生、有名なブラキストンの線ですね」

早苗《さなえ》が言います。

「よく知ってるね。動物分布線《どうぶつぶんぷせん》のブラキストン・ラインなのだ。ところが、本州はまだ中国大陸《ちゅうごくたいりく》とはつながっていたから、今から約七〇〇〇年ほど前の石器時代に、中国系《ちゅうごくけい》の小型オオカミが本州に移ってきた。これが前からいた大型オオカミとまじって、本州、四国《しこく》、九州《きゅうしゅう》のオオカミはだんだんと小型になってきたというわけ。これがヤマイヌといわれた日本オオカミさ。これは明治三八年（一九〇五年）頃に絶滅《ぜつめつ》したらしい。なんでも家畜《かちく》がやられるので、硝酸《しょうさん》ストリキニーネという劇薬《げきやく》で、全滅《ぜんめつ》させたという話だ」

だからヨシトが見たのは、ヒグマの親子ではないかと島野《しまの》先生は言いました。

「でも先生、親が一匹に子が五匹いたんです。これは、間違いじゃありません。先生、ヒグマが五匹の子グマを連《つ》れて歩くなんてことがありますか?」

「うーん。それは少し変だなあ。もしかすると野犬《やけん》かもしれない」

こんな騒《さわ》ぎがあったので、一行の出発は、予定よりかなり遅れてしまいました。

七人が尾根づたいに化雲岳《かうんだけ》に着いた頃には、空は美しく晴れ上がっていました。

このあたりはヒグマが多いのです。

しかも、大密林が続いています。

「夕日が、はるか向こうに沈む頃、キャンプを張ってますとね、よくハイマツの上を子連れのヒグマが歩いていますよ。ちょうど犬の親子と同じでね、可愛《かわい》いもんですよ。また、お花畑が美しく咲《さ》き乱《みだ》れている頃などは、ヒグマもやはり好きだとみえましてね。よく二、三匹で、寝《ね》っ転《ころ》がってじゃれていますよ」

と、ヨシトが先頭を歩きながら説明しました。

「ヨシトさん、危なくないの？」

と、小島《こじま》先生が、心配して聞きました。

「危なくなんかないですよ。ゴンを除《のぞ》いたらね。片目のゴンというヒグマがいます。こいつは用心しなきゃあ……」

と、ヨシトが説明しました。

片目のゴンと言われるヒグマは、いつから大雪山《だいせつざん》に棲《す》んでいるのか誰も分かりません。

しかし、大雪山の人殺しヒグマとして有名です。気の荒《あら》い、三〇〇キロを超える大きなヒグマです。

ゴンを見た猟師《りょうし》たちは、みんな口を揃《そろ》えて、

「小山のようだ」

「大岩かと思った」

と、顔色を変えて話をするのです。

アイヌの間にはヒグマについて、いろいろな言い伝えや、迷信《めいしん》があります。

山でヒグマの悪口を言うと、ヒグマに仇《かたき》をとられるとか、前足より後ろ足の長いヒグマは、人に害を与えるとか言われています。

名人のカネトでさえ、

「ヒグマには、良いヒグマと悪いヒグマがあるんだ。良いヒグマは黒毛で、悪いヒグマは赤毛だ」

と、言っています。

ヨシトは、父の言葉も迷信《めいしん》だと思っていました。

それはともかくとして、片目のゴンは、カネトが悪いヒグマといっている赤毛のヒグマでした。

そして「片目のゴン」と呼び名をつけられたのは、権《ごん》じいを大きな手で殴《なぐ》り殺したからなのです。

権じいはカネトの親友でした。

権じいは六年前、層雲峡《そううんきょう》で母と娘を殺して食べた大ヒグマを追って、途中《とちゅう》でばったり出会ったのです。黒岳《くろだけ》小屋《こや》のミクラ沢《さわ》です。

権じいは、ビクッとしました。しかし、権じいも名人です。

肩《かた》から村田銃《むらたじゅう》（猟銃《りょうじゅう》の一種）をはずし、ヒグマの顔に押しつけるようにして撃《う》ちました。が、近過ぎました。

ヒグマは片目を失い、権じいは命を失ってしまったのです。

生と死の掟《おきて》

あれからまだ一時間ほどしか経っていません。

しかし、足の早いオオカミの家族は、もう白雲岳《はくうんだけ》に近い尾根《おね》すじのハイマツ地帯で、輝《かが》く太陽の光を楽しんでいました。

キバは、一本の大きなハイマツを背にして横になっていました。

最初の冒険の夜、ミミズクに襲《おそ》われた恐《おそ》ろしさが身にしみています。

キバの周りでは、ハイマツ地帯に棲《す》む、ホシガラスやエゾライチョウが鳴いています。弟たちは、ハイマツの林の中を走り回って、キャーキャーと遊びに夢中《むちゅう》でしたが、キバは、一緒《いっしょ》に騒《さわ》ぎません。先ほど登ってきた、七人の人間のことを考えているのです。

誰にも負けないと思っていた母までが、こそこそと林の中に隠《かく》れてしまったのです。

「どうしてだろう?」

キバは、そんなことを考えているのです。

キバが横になっているところからは、左右の見通《みとお》しがよくききました。

右は、急な傾斜《けいしゃ》になっていて、暗い谷に続いています。そして、はるか下の密林《みつりん》の中を、石狩川《いしかりがわ》のいくつもの支流が、蜘蛛《くも》の網《あみ》のように這《は》い回っていました。

左手はなだらかな高根が原が続いています。向こうに忠別川《ちゅうべつがわ》が銀色に光っています。

正面には、白雲岳、小白雲岳《ポンはくうんだけ》、後ろには、忠別岳《ちゅうべつだけ》がそびえていました。

キバは、横になったまま、首を伸《の》ばし鼻をひくひく動かしました。
ピ、ピッ、ピピッ……エゾライチョウの肥《こ》え太ったのが一羽、ハイマツの茂みからチョロチョロ走り出してきて、餌《えさ》を探していました。
ふと、キバは空を仰《あお》ぎました。

太陽は、澄《す》んだ青空で、ギラギラと輝《かがや》いています。

すーっと一羽の鳥が、高く遠く、翼《つばさ》も動かさずに、滑《すべ》るように飛んできました。

イヌワシでした。

キバは、あわてて茂みの中に飛《と》び込《こ》みました。肥え太ったエゾライチョウは、あっ、という間にやられてしまいました。

　エゾライチョウの最後を、キバは茂《しげ》みの中からじっと見ていました。うっかりしていると、自分もそんなふうにされてしまいます。油断《ゆだん》はできないと思いました。

　フンフンと鼻をならして、一番下の妹犬が寄ってきました。お人よしの甘《あま》ったれで、母親のデビルの性格はあまり受けていません。

　甘ったれは、キバをしきりに誘《さそ》いました。

　ようやく外になれてきた甘ったれは、デビルの目の届《とど》かないところへ行ってみたいのです。

　それにしても、自分一人で行く自信がないのでしょう。

　だから、一番頼《たよ》りになるキバに誘《さそ》いをかけてきたのです。

　キバも、お腹《なか》が空《す》いていました。狩《か》りに出掛けていいな、と思いました。キバは、誘われるままに、のそりと立ち上がりました。

　一匹のキタギツネが、ハイマツの陰《かげ》でじっとしています。キバにも気がつかないようです。

イヌワシにおそわれたエゾライチョウ

しばらくすると、もう一匹のキタギツネが、峰《みね》のほうから下りてきました。その前を茶色のノウサギが走っています。

ノウサギがハイマツの前を飛《と》びぬけようとした時です。じっとしていたキタギツネがパッと飛びかかって、鋭《するど》い牙《きば》を立てました。ノウサギは、手足をばたつかせますが、もうどうしようもありません。確かにうまい狩りのやり方です。

キバは、同じようなことを試《ため》してみたくなりました。

キバと、甘《あま》ったれは、みんなのいない高根《たかね》が原《はら》のほうに下りていきました。

ところが、そこに片目のゴンが待っていたのです。

ゴンは、今日は朝から機嫌《きげん》が悪く、ハイマツの枝《えだ》を叩《たた》きつぶして、八つ当たりしていました。年をとって、気難《きむずか》しくなっているのです。

キタギツネも、エゾノウサギも、仲間のヒグマも、ゴンから遠く離《はな》れているくらいです。

そこへ、なにも知らないキバと妹の甘《あま》ったれが下りてきたのです。

「コッフ、コッフ、コッフ……」

片目のゴンは、唇《くちびる》をとがらして唸《うな》りました。自分の城に、誰が近づいてもおもしろくないのです。ゴンは、キバたちを見つけたのです。

そうとは知らないキバは、なんだか不安な気がしました。キバは立ち止まりました。と、ゴンの臭《にお》いがします。危ない！　と思ったキバは、パッと飛《と》び退《の》きまじた。しかし、お人よしの甘《あま》ったれは、そうはいきません。

ゴンは、唸《うな》り声を上げて、甘《あま》ったれを押さえつけました。甘ったれは、ひとたまりもありません。それっきり、ぴくっとも動かなくなりました。

ゴンは、今度はキバに襲《おそ》いかかってきました。

キバは高根が原の斜面《しゃめん》を、石のように転《ころ》がって逃《に》げました。それでもゴンは追ってきます。ハイマツの中に逃《に》げ込みます。だがゴンは、そんな木をポキポキと折ってしまいます。

キバは、逃《に》げ道を替えて人間の通る道を選びました。ハイマツの根につまずいて、

片目のゴンに襲われたキバ

何度も転《ころ》びます。
目がクラクラとして、気が遠くなりそうです。
もう、あたりの景色も、何も見えません。
転び、跳《は》ね出《だ》され、また起き上がって走りました。
道が、急な切り込みとなって、落ち込んでいるところに来ました。その道の先は、
普段《ふだん》ならば怖《こわ》くて行けるところではありません。
今のキバは、そんなことを考えている暇《ひま》もありません。
後ろからは、大きな手と、白い牙《きば》が追ってくるのです。
道が切れて、崖《がけ》がありました。断崖《だんがい》の下では、忠別川《ちゅうべつがわ》が渦《うず》を巻いて走っています。
それを見た時、キバは助かったと思いました。
水にはもうなれています。
ゴンの最後の一撃《いちげき》が、右から斜《なな》めに打ち下ろされました。
キバは、さっと地面を蹴《け》り、忠別川めがけて飛《と》び込《こ》んでいきました。

新しい世界

旭平《あさひだいら》から走り出たアイシポップ沢《さわ》があります。

天女《てんにょ》ヶ原《がはら》からにじみ出た谷間の流れがあります。

その二つが集まって、忠別川《ちゅうべつがわ》の本流に注ぐところは、二〇〇メートル余りの絶壁《ぜっぺき》になっていました。滝は七段にもなっています。

「わあー、すごい滝ね」

「聞いていた以上よ」

若い娘《むすめ》たちの声がします。

「羽衣《はごろも》の滝《たき》というのね」

と、別の娘の声がしました。

「ええ、この辺は勝仙峡《しょうせんきょう》とも言われたところなのよ。この滝の名が羽衣《はごろも》というので、ここも天人峡《てんにんきょう》と名前が変わったの。ここのすぐ下に温泉が湧《わ》いてね。トムラウシ山や旭岳《あさひだけ》の登山準備地になっているのよ」

と、もう一人の娘《むすめ》が説明しました。

「さすがに日高《ひだか》は、地元のことをよく知ってるな」

と、男の声がしました。

数人の男女です。

「ねえ、ここで写真を撮《と》りましょうよ」

という声がします。

「でもここじゃ、滝がよく写らないわ。もっとそっちに下がらなきゃ」

娘たちが、ばたばたと滝見台《たきみだい》を越えて走ってきました。

「せんせーい。小島《こじま》先生、早くう……」

「島野《しまの》先生！」

「ヨシトさんもいらっしゃい」

女生徒たちが、口々に叫《さけ》びました。

陽子《ようこ》が太陽を見上げて三脚《さんきゃく》を立てました。

「この忠別川《ちゅうべつがわ》はね、石狩川《いしかりがわ》とは違って、どんなに大雨が降っても、濁《にご》らないんだよ」

と、島野《しまの》先生が説明しました。

「どうしてですか。先生？」

久子《ひさこ》が質問します。

「それは……日高《ひだか》、知ってるだろう」

「川底がゴツゴツしている岩でできているからでしょう。先生……」

早苗《さなえ》が答えました。

キバが、ひょうたん池のところで見た娘《むすめ》たちです。

「そうなんだ。だから、この川は濁らないんだよ」

「先生、すましてください……、シャッターが落ちるわ」

と、木田久美子《きだくみこ》がそばから注意をしました。

ジー、ジー、カチリ。

シャッターが落ちました。

七人は、あれから旭岳《あさひだけ》に行き、噴火口《ふんかこう》や姿見《すがたみ》の池《いけ》を見て、ここまで下山してきたところなのです。

今夜は東川村の天人峡温泉《てんにんきょうおんせん》に泊《と》まり、明日は早苗の父がやっている日高牧場《ひだかぼくじょう》を見学して帰ろうという計画でした。

「では、みなさん、わたしはここで失礼します。ありがとうございました」

と、案内役のヨシトが、帽子《ぼうし》を脱《ぬ》いでみんなに挨拶《あいさつ》をしました。

「本当にありがとう、おかげで助かったよ」

「とても楽しかったわ、ヨシトさん」

みんなが別れを惜《お》しんでいると、テツが流れに入り込んでワンワンと吠《ほ》えだしました。テツは、流れに胸《むね》までつかって吠えているのです。

「テツ、どうした」

ヨシトは、流れの岸まで下りていって、テツに声をかけました。

テツは主人の声を聞くと、ちょっと振《ふ》り返《かえ》って、小さく尾を振りました。しかし、また川の中を見て、激《はげ》しく吠えるのです。

ヨシトは伸び上がって川の中を見ました。

テツの目は、川の中に立っている二つの岩を見ています。

「ヨシト、岩の間に何かいるぞ」

小高い崖《がけ》に登《のぼ》っていた島野《しまの》先生が、木の根につかまりながら叫《さけ》びました。

岩と岩との間に、濡《ぬ》れた雑巾《ぞうきん》のような物が挟《はさ》まっています。

「何です？　人ですか？」

「いや、人間じゃない。獣《けもの》のようだなあ……」

「キツネですか？　この絶壁《ぜっぺき》は、よくキツネが通るんです」

と、ヨシトが叫《さけ》びました。

「キツネかも知れんが……」

島野先生も、もっとよく見ようと、木の根につかまりながら上に登《のぼ》っていきました。

土が、パラパラとこぼれてきます。

「先生……危ないわ」

女生徒が止めます。

島野先生が、振《ふ》り返《かえ》って言いました。

「うん、今度は見えるよ。獣だ。確かに獣だが……キツネじゃないよ。死んでいるようだ。おや、動いたぞ。ああ、生きている。犬だよ。犬だ。水に流されたんだ。死にかけてるよ」

「かわいそうだわ。ねえ、助けられないかしら……」

と、言い出したのは早苗《さなえ》でした。

「きっと上流で落っこちたのね」

と、久美子《くみこ》が言います。

「先生、助けられませんか」

小島《こじま》先生もそう言います。

「さあ、どうかな。いま水かさも増しているし……この川は岩も多い上に流れも早いんだ……」

島野先生が首をかしげます。

みんなはあきらめていましたが、早苗だけはどうしても助けたいと言います。

動物の好きな早苗には、哀《あわ》れな犬を捨ててゆくことができないのです。

「よし、お嬢《じょう》さん、わたしがやってみますよ」

と、ヨシトが見かねて言いました。

「だってヨシトさん。あなたに万一のことがあったら……」

「ヨシト、馬鹿《ばか》なことを言うんじゃないよ」

小島《こじま》先生と島野《しまの》先生が止めます。

女生徒たちも止めました。

「大丈夫《だいじょうぶ》です。わたしが泳ぐんではないんです。テツにやらせるんです。まあ見ていてください」

そういうとヨシトは、服を脱《ぬ》いでテツに命令《めいれい》しました。

「行って、くわえてこい！」

それからヨシトは、ずっと下流の、流れの緩《ゆる》やかになった瀬《せ》まで下って、胸《むね》まで川の中に入って待ち構《かま》えました。

テツは二メートルほどの崖《がけ》の上から、ひらりと飛んで、すさまじい水飛沫《みずしぶき》を上げました。テツは、流れの真ん中にある岩をめがけて、ぐんぐん泳いでいきます。

「テツ、しっかり！」

「頑張《がんば》ってえ！」

岸辺では、みんなが声を合わせて激励《げきれい》しました。

キバは、岩と岩の間に身体を休め、ぼんやりした目で見ていました。

キバは、流れの途中《とちゅう》で岩にぶつかり、肋骨《あばらぼね》を折っているのです。

テツは、岩のそばまでいって、流されてしまいました。

「テツ、やりなおせ！」

ヨシトが叫《さけ》びます。

テツは、岸辺に上がって、ブルブルッと身ぶるいすると、ふたたび上流に向かって岸を走りました。

今度は、ずっと上まで駆《か》け上がっていきます。二度目は上手《うま》くいきました。

テツは、流れに乗って、ぐんぐんとキバに近づいていきました。

キバは、その獣《けもの》がゴンでないことを知りました。そして、敵《てき》でないことも分かったのです。

父であり、子であるということは、もちろん二匹の獣《けもの》はたがいに知るはずもないでしょう。しかし、そんな何かを感じたのです。

テツはキバの岩に近づくと、口を開いてキバの濡《ぬ》れた襟首《えりくび》をくわえました。ライオンやオオカミたちのやる方法です。

キバは、だいぶ大きくなっていましたから、陸上ではとうてい運ぶことができません。ところが、水の流れがテツを助けることになったのです。

岸辺に運ばれた時、ヨシトは犬の子でも扱《あつか》うように抱《だ》き上げようとしました。しかし、キバは、ヨシトの手が身体に触《さわ》ることを嫌《きら》いました。牙《きば》を剥《む》き、唸《うな》りました。

「おい、ヨシト、唸っているから用心しろよ」

と、島野《しまの》先生が注意した時、ヨシトはうっかり、

「なあに……」

と、手を引《ひ》っ込《こ》めなかったのです。

その手にキバが噛《か》みつきました。

「いたっ！」

　すると、テツがいきなりキバに飛びかかりました。

「ヤマイヌの子だよ、こいつは……。これは殺してしまうか、捕《つか》まえて動物園にでも送るがいい」

「そうよ。これから上には人家《じんか》がないんですもの。犬の子が流されてくるはずがないわ」

「そういえば、犬の子らしい、可愛《かわい》いところはないわねえ」

「トムラウシで見たのは、このヤマイヌの親子じゃなかったかしら」

「あるいはそうかもしれん。とにかく手を出さないことだ」

　と、島野《しまの》先生は注意してから、

「こういう野生の奴《やつ》は、案外《あんがい》しぶといから、放っておいたら生き返るよ。かわいそうだが、ひと思いに殺したら……」

と、漬物石《つけものいし》ほどの河原の石を持ち上げました。

　キバは、怪我《けが》と疲《つか》れで、ぐったりしていました。ヨシトの手を咬《か》んだが、今は立ち上がる元気もありません。

「先生、待って！　よしてください」

早苗《さなえ》とヨシトでした。

「ど、どうしてなんだ？」

「こんな気の強い犬は、ヒグマを追うのに使うと、とても役に立つんです」

と、ヨシトが言います。

ヨシトは、この子犬をテツにつけて、テツ以上の猟犬《りょうけん》にしてみたかったのです。

「先生、かわいそうよ」

と、早苗が言います。

せっかく生まれてきた尊《とうと》い命を、人間の勝手《かって》な考えで殺してしまうのはひどい、というのでした。

「この子犬は、怯《おび》えているんです。先生、ですから人間が怖《こわ》いものでないと分かったら、おとなしくなると思います」

早苗が、つけくわえました。

「そうかね。だが日高《ひだか》、この子犬を手なづけられるかい？」

「やってみます。ですから先生、早苗に飼《か》わせて……」

島野《しまの》先生は、じっと早苗の目を見ました。

そして、早苗の決心が分かると、石をどさりと捨てて、

「じゃあ、やってごらん」

と、言いました。

早苗は、キバのそばにしゃがみました。

「早苗さん、危ないわよ」

「手を出しちゃだめよ」

と、久子《ひさこ》も陽子《ようこ》も注意します。

「ねえ、お友だちになったのよ」

早苗は、キバの手をとりました。

キバは、じっと早苗を見つめます。早苗の愛情がキバにも分かったようでした。

キバは、そっと早苗の手を舐《な》めました。

早苗の手をなめるキバ

村人の怒《いか》り

早苗《さなえ》の父がやっている日高牧場《ひだかぼくじょう》は、忠別川《ちゅうべつがわ》に沿って少し下がったところにありました。

なだらかな丘です。

赤茶色《あかちゃいろ》のサイロが二つ並んでいます。

クリーム色の明るい壁《かべ》と、緑の屋根の牛舎《ぎゅうしゃ》があります。

青い牧草地があります。木の柵《さく》の中には白黒だんだらのホルスタイン牛がいました。

牧場の後ろには、カラマツの林が続いて、秋の陽が金色に輝《かがや》いていました。

青い空が、その上にどこまでも広がっています。

おとぎ話に出てくるような、美しくて平和な天地です。

それが、キバに与えられた新しい世界でした。

ウシのほか、ヒツジも群《む》れをなしていました。ヒツジたちは、コリー犬のポックとジュリーによって、見守られています。どちらも黒毛の犬です。

キバは、生まれてから、もう六か月にもなっていました。

筋肉は、たくましいけれど、やはりまだ充分《じゅうぶん》には育っていません。

しかしキバは、早苗《さなえ》の優《やさ》しい看病《かんびょう》で、肋骨《あばらぼね》も、傷口《きずぐち》も治《なお》りました。

ようやく元気になったところです。

先輩《せんぱい》のコリー犬にも負けないくらいです。

キバは、西日の当たるサイロが好きでした。いつもそこで、ごろりと寝転《ねころ》んでいます。

サイロには、冬の食べ物が、生《なま》に近い状態でしまってあります。

「おい見ろよ、三郎《さぶろう》。あいつめ、また寝てやがる」

と、牧夫《ぼくふ》の松吉《まつきち》が、憎々《にくにく》しげに言いました。

松吉には、この牧場で飯を食っている者は、犬であろうと人間であろうと、働くもんだ、という考えがありました。

先輩のポックやジュリーは、あんなによくヒツジの面倒《めんどう》をみています。

東川村にある日高牧場

松吉《まつきち》は、キバを、図体《ずうたい》ばかり大きくて、なんの役にも立たない、無駄飯食《むだめしく》らいのように思ったのでしょう。

「お嬢《じょう》さんが、ばかに可愛《かわい》がるもんだから、あん畜生《ちくしょう》め、のぼせてやがんのさ」

と、今度は三郎《さぶろう》が言いました。

「番犬にもなりゃしねえ。奴《やつ》が吠《ほ》えたのは、一度も聞いたことがねえよ」

と、言います。

キバは、犬のようなワンワンという吠《ほ》え方は知りませんでした。ポックやジュリーとでも仲良しになれば、吠えることも知ったでしょうが、キバは仲良しになることを嫌《きら》っていました。

傷《きず》が治《なお》って、初めて早苗《さなえ》に連れられて牧場に出てくると、ポックとジュリーがキバに向かってきました。

ポックが最初にかかってきました。

「いけません。ポック。よして、ポック」

早苗が、あわてて呼び止めましたが、ポックは聞きません。ポックは、主人が励《はげ》ましてくれているように感じたようでした。

キバはポックが身近に迫《せま》るまで、知らん顔をしていました。

ポックはそれを、自分に恐《おそ》れをなしているのだと思いました。

ポックは、勝ち誇《ほこ》ったような顔をして、キバに飛びかかってきました。

早苗の悲鳴《ひめい》が聞こえ、牧夫《ぼくふ》の一人が駆《か》けつけて来た時には、もう、すべてが終わっていました。

ポックは、顎《あご》から肩《かた》にかけて、大きく引《ひ》き裂《さ》かれていました。苦痛《くつう》のために、キャンキャンと泣きわめいていました。

ところがキバは、前と同じようにして、知らん顔して突《つ》っ立っているのです。

ジュリーはびっくりしました。

そこで、尾を振《ふ》って、キバの機嫌《きげん》をとりましたが、キバはあくまでも知らん顔をしていたのです。

キバは、日が経つにつれて、早苗から人間世界のいろいろなことを教わりました。

人間世界のことは、キバにはよく分からなかったのです。

ポックをやっつけて間もなく、一頭の子ヒツジが群《む》れから離《はな》れてキバのそばにやって来たことがあります。

鼻の先に来た子ヒツジを、キバは、あっという間に殺してしまいました。

それを見ていた松吉《まつきち》が、

「たいへんだあ。たいへんだあ。あのヤマイヌ野郎が、ヒツジっ子を食い殺したどお！」

と、どなり立てました。

牧夫《ぼくふ》たちは、棍棒《こんぼう》だの、鍬《くわ》だのを持ち出して、キバを追《お》い詰《つ》めにかかったのです。

殺された獲物《えもの》は、殺した者が食べてもいい……キバは、そう思っていました。

だから、キバは、子ヒツジに前足をかけながら、牧夫たちを見て唸《うな》りました。

牧夫たちは、その姿《すがた》を見ると、怖《こわ》くなって、遠巻《とおま》きにキバを囲んでいるばかりです。

そのうち、牧夫の一人が、薪《まき》をつかんで投げました。

クルクルと回りながら、飛んでいった薪が、円の中心に落ちない前にキバが、その牧夫に飛びかかっていきました。

牧夫はキバに引き倒され、うつぶせになったまま、両手で頭をかかえて泣き声を上げました。

「いけない、タキ！」

早苗《さなえ》の声が、その時に響《ひび》いたのです。

キバは、電気に撃《う》たれたように、はっと攻撃《こうげき》をやめました。タキというのは、ここに来てからキバにつけられた名前でした。

滝のところでキバに出会ったからというので、早苗がつけたものです。

このことがあってから、キバは、人間と争うことはいけないことだと知りました。

そして、牧場の柵《さく》の中にいるウシやヒツジやアンゴラウサギやニワトリなどは、みな早苗一家のもので、手を出してはいけないことも知りました。

日が経《た》つにつれて、キバには犬としての性格が戻《もど》ってきました。父犬のテツの血が呼びさまされたのです。

「タキは、とても利口《りこう》なのよ。なんでも一度で覚《おぼ》え込《こ》むわ」

初冬のある日のことです。

早苗《さなえ》は、泊《と》まりがけで遊びに来た、仲良しの陽子《ようこ》や久子《ひさこ》や久美子《くみこ》に自慢《じまん》しました。

「本当によく懐《なつ》いたわねえ」

「ここまで仕込《しこ》むの、たいへんだったでしょう」

と、三人は驚《おどろ》いています。

その夜のことです。

三人の娘たちは、牧場の丘から響《ひび》いてくるものすごい遠吠《とおぼ》えを聞いて、ベットの中で震《ふる》え上がりました。

キバの声です。

ウーウーオーッ、オー、ウーウヤーッ……。

泣くような、訴《うった》えるような、怒《おこ》っているような悲しい声です。

「大丈夫《だいじょうぶ》よ。あれは、タキが吠《ほ》えているのよ」

と、早苗が三人に言いました。

「月の良い晩《ばん》だとか、星の凍《こお》ったような夜に、タキは丘の上に座《すわ》って、いつも遠吠えするのよ。とっても長い間……」

「山が恋しいのかしら」

「ワンワンと啼《な》かないの？」

と、久子《ひさこ》と久美子《くみこ》が聞きました。

「ワンとは啼《な》かないわ。確かにタキは、普通の犬とは違っているわ。身体がとっても軽いのよ。そして、いつまでたっても、ポックやジュリーと仲良しになろうとしないの」

キバが、また吠《ほ》えます。

その明くる朝です。

村の人たちは、ヤギが食い殺されたと騒《さわ》いでいました。食われたヤギは、日高牧場《ひだかぼくじょう》から川を渡《わた》って少しいった、タロップという集落の農家のものでした。

ヤギは、粗末《そまつ》な囲いの中に入れてあったのです。

夜中に、荒々《あらあら》しい物音と、ヤギの悲鳴《ひめい》を聞きつけて家の者が飛び出した時には、囲いは破《やぶ》られたあとでした。

とられたヤギの頭と足と、血にまみれた白い毛が忠別川《ちゅうべつがわ》の岸辺に残されていました。

それも夜明けに発見されたものです。

「ヒグマに殺されたんだ」

と、村の人々が言いました。

山にはもう雪が来ていて、ヒグマたちは、穴籠《あなごも》りの準備のために、盛《さか》んに山林や畑を荒《あ》らしていました。

「うんにゃ、これはヒグマではないぞ」

それからその男は、その辺の川辺を探《さが》し回って、

「やっぱりそうだ、これ見れ！」

と、みんなに足もとの土を指差しました。

そこは、水で湿《しめ》っていて、土が軟《やわ》らかくなっていました。そして、梅の花模様《はなもよう》のような、かなり大きな足跡《あしあと》が、点々とつけられていたのです。

「これは、今朝の足跡だ」

と、その男が言います。

「今朝、犬を連れてきた奴《やつ》はあんめいな」

川辺で足跡を見つけた村の人々

と、しつこく聞きます。

「野犬《やけん》だ」

「ヤマイヌの畜生《ちくしょう》だ」

と、人々は騒《さわ》ぎました。

「しかし最近、野犬が出るちゅうことは聞かねえが」

と、ヤギをとられた農夫《のうふ》が言いました。

「そういえば、日高牧場《ひだかぼくじょう》に妙《みょう》な犬がいるちゅうぞ。あそこの松吉《まつきち》の話だと、ヒツジを食っちまったちゅうが……」

「ほう、そんなことがあったのけ」

と、ヤギをとられた農夫が聞きました。

「んじゃ、そいつの仕業《しわざ》かな」

「なるほど、確かにこれは大きな犬の足跡《あしあと》だ。キツネじゃない」

と、ヒグマ撃《う》ちが言います。

「とにかく、日高牧場に行ってみよう。三郎《さぶろう》か、松吉にたずねてみるこんだ」

それがよかろうということになって、みんなは、首を揃《そろ》えて日高牧場を訪ねました。

「ああ、あん畜生ならやりかねねえ」

と、松吉が言います。

「あの力自慢《ちからじまん》の鉄蔵《てつぞう》でさえよ、この間、ひと咬《か》みされちまったんだ」

「へえ、そんなに凄《すご》い奴《やつ》か」

三郎が横から口を出します。

「あいつににらまれると、ぞっとすらあ」

「じゃあ、ゆんべはつないでおかなかったのけ?」

「縛《しば》れるもんじゃねえ。俺《おれ》たちにゃあ、指一本触《さわ》らせねえぜ。ここであん畜生に触れるのは、お嬢《じょう》さんぐれえのもんだぜ。旦那様《だんなさま》だって、奥様だって駄目《だめ》なんだ」

「そういえばあいつめ、ゆうべは凄《すご》く吠《ほ》えてたな。丘の上でよ。オオカミの遠吠《とおぼ》えってのは、あんなだろうな」

と、松吉が言いました。

ヤギを殺したのは、タキに違いないということになりました。

みんなは、ゾロゾロと早苗《さなえ》の父のところへやって来ました。

「ふーん。すると、タキを殺してくれと言うんだね」

父は頭の毛も白い老人です。

「別に殺してくれちゅうわけじゃありませんが、二度とあんなことの起こらねえように……」

と、一人が、恐《おそ》る恐《おそ》る言いました。

相手は大牧場主です。

「それから……丹精《たんせい》して育てたヤギが殺されましたんで……なんとか、代わりのヤギを……この人もがっかりしまして……」

と、別の男が、ヤギの飼い主を振《ふ》り返《かえ》って言いました。

「うん……」

と、父の養一郎《よういちろう》がうなずきました。

そして、

「確かに、うちのタキがやったという証拠《しょうこ》があるんだろうね」

と、みんなに質問しました。

「へえ……、それが……」

「確かにそうだと見た者はありませんが、タキらしい足跡《あしあと》が死骸《しがい》のそばについていまして……」

「そう、このくらいの大きさでした」

と、みんなは口々に言いました。

早苗《さなえ》は父に呼ばれて前に出ると、

「でもみなさん。タキはそんな悪い犬じゃないのよ。わたし、保証《ほしょう》してもいいわ」

と、言い切りました。

「そりゃ、前に一度、うちのヒツジを殺したことはあったわ。でも、あれは山から来たての頃よ。もうそれっきり、いたずらはしないんです。それからは、目の前に雛《ひな》が飛び出しても目もくれないわ。それどころか、かえってキツネや、ほかの動物から護《まも》ってくれるのよ」

それを聞いてみんなは、しぶしぶ引き揚げることになりました。

「だが、タキは、これから夜はつないでおくことにするから安心するがいい」

と、養一郎《よういちろう》は、みんなに約束《やくそく》をしました。

その晩《ばん》から、キバは早苗《さなえ》の手で鎖《くさり》をつけられ、早苗のベットの下で眠ることに決められました。

キバは、その檻《おり》のような部屋が嫌《いや》なようでした。そばに早苗が寝ていなかったら、一刻のがまんもならないところです。

その晩も、次の晩も、何事もなくてすみました。

三日目に、突然《とつぜん》に大雪が降りました。

初雪ですが、北海道《ほっかいどう》らしく、どさりと大量の雪が降ったのです。

山も野も、一面の銀世界になりました。

汽車やバスのダイヤも狂《くる》ってしまいました。人々は、こんなに早く雪が降るとは思っていなかったのです。

「バスが止まって帰れませんから、今夜は陽子《ようこ》さんのところに泊《と》めていただきます」

と、遅くなって、早苗から電話がありました。

だからキバは、その夜は、久しぶりに自由でした。

誰も身体に触《さわ》ろうという人もいません。

食事は、早苗の母の幾代《いくよ》が与えました。早苗に似《に》ている母のことです。キバは、素《す》直《なお》に食べました。

その夜のことです。

ふたたび家畜《かちく》が襲《おそ》われました。

ずっと里に近い朗根内《ろうねない》（美瑛町《びえいちょう》）のヒツジが殺されたのでした。

そして、次の夜は、天人峡温泉《てんにんきょうおんせん》の七面鳥《しちめんちょう》がとられました。どれも、日高牧場《ひだかぼくじょう》を中心としたところです。しかも、一番いけないことは、それはキバが放されていた夜に限っていたことです。

村人たちは、日高牧場の主人を、陰《かげ》で悪く言いはじめました。

初めての敗北

キバは争うことが好きではありません。戦《たたか》いを恐《おそ》れているわけではありません。必要のない時は、戦いたくなかったのです。ところが、そういうキバを、近所の集落《しゅうらく》の人々は憎《にく》みました。相変わらず、家畜《かちく》がやられているのです。

しかし、キバの後ろには、土地の大旦那《おおだんな》である養一郎《よういちろう》が控《ひか》えているので、証拠《しょうこ》のない限り、みんなはキバを殺すことができません。

そこで、強そうな犬をけしかけて、キバを牧場の外に出られないようにしようと相談がまとまりました。

「あんなヤマイヌ野郎は、牧場から出られねえようにしちまうんだ。腹《はら》が空《す》いたら自分とこのニワトリでもヒツジでも、どんどん食えばいいやな」

村の連中はこう言って、カラフト犬や、秋田犬や、グレート・デーンのような雑種《ざっしゅ》を、牧場の柵《さく》のそばまで引っ張ってきました。

いくら驚《おどろ》かしても、キバは、相手《あいて》にしませんでした。

サイロの丘で、のんびり寝そべっているのです。

キバは、気づいていないふりをしていましたが、みんな知っているのです。

そして、近づいてくる犬の一匹一匹を、よく調べていました。こうなると、戦わないうちに、もう勝ったも同じです。

「タキって、本当にえらいわ」

早苗《さなえ》はそのことを父母に話しました。早苗には、キバの心がよく分かるのです。

「そういえば、近頃、犬を連れた男がよくこの近所を歩いていると思ったが、そうなのか……」

と、養一郎《よういちろう》が言いました。

「だが、牧場に入ってくるんならともかく、外を歩くのは勝手《かって》だから、とがめることもできまい。まあ、タキを相手にさせんことだな」

「ええ、それは大丈夫《だいじょうぶ》よ、お父様」

タキは、そんな馬鹿《ばか》な犬ではありません。

「わたしの言うことをよく分かって、守ってくれるんです」

と、早苗《さなえ》は言いました。

「ところで、あのヤマイヌ騒《さわ》ぎじゃが……あれはタキでないことは分かっているが、しかし、タキが丘《おか》の上に座《すわ》って遠吠《とおぼ》えする晩《ばん》に限って、被害《ひがい》があるというのは、どうしたわけだろう。何かあるのかな」

と、養一郎《よういちろう》は、不思議《ふしぎ》そうな顔をしました。

「きっと山のほうから獣《けもの》たちが出て来るのを敏感《びんかん》に感じるのでは？」

と、母親の幾代《いくよ》が口を出しました。

「すると、仲間でも呼ぶのか」

「お父様！」

と、早苗が父親をとがめました。

「タキは、もう山の犬ではないのよ。早苗の愛犬《あいけん》よ。日高牧場《ひだかぼくじょう》の犬です」

「分かったよ、分かったよ」

と、養一郎は、苦笑《にがわら》いをしました。

キバは、鎖《くさり》につながれることが、本当に嫌《きら》いなのです。

早苗はキバの心が分かりました。

だから、人前ではキバを鎖につなぎ、夜になると、こっそりはずしてやっていました。

その晩《ばん》のことです。

一人の男と一匹の大きな犬が、柵《さく》をくぐって入ってきました。それをキバは、丘《おか》の上からじっと見ていました。

男は、この下のノカナン沢の土木作業員《どぼくさぎょういん》でした。酒一升《いっしょう》がお礼というわけで、その男は闘犬《とうけん》に使っている土佐犬《とさいぬ》をつれて牧場に入ってきたのです。

キバをやっつけるためです。

「夜中に行けば、あのヤマイヌ野郎は鎖でつながれてるって、牧場の松吉《まつきち》が話してたっけ……、松吉がうまくやってくれる……、この犬をもっていって、さんざん咬《か》ましてやってくれ」

ヤギをとられた農夫《のうふ》の一人が、土木作業員《どぼくさぎょういん》をそそのかしたのです。

土木作業員は、酒がもらえるので、たやすく引き受けました。

土木作業員は、サイロの下まで来ると、ピーと口笛を吹《ふ》きました。

すると牛舎《ぎゅうしゃ》の陰から、ぬっと人影《ひとかげ》が現れました。

松吉《まつきち》です。

「その犬か？　旭川《あさひかわ》から連れてきたというのは」

と、松吉が聞きました。

「うん、そうだ、強そうだ」

と、土木作業員が答えます。

旭川市《あさひかわし》の肉屋が飼《か》っている土佐犬《とさいぬ》を、一晩《ひとばん》借《か》りてきたのでした。

「いるか、ヤマイヌ野郎《やろう》は？」

「いる。だが、ここんとこじゃまずい。少し原っぱのほうに行って待とう」

「寒くてしょうがねえ。早く連れてこいよ」

「ところが駄目《だめ》なんだ。あいつは、お嬢《じょう》さんの言うことしか聞きあしねえ。もうちっと待ちな。今晩《こんばん》あたり、きっと遠吠《とおぼ》えしに丘に行くから……」

と、松吉が言いました。

キバは、二人の男がこそこそ話しているのを、黙《だま》って見ていました。

犬ならば、こんな時、怪《あや》しい奴《やつ》め！　と吠《ほ》えつくはずです。オオカミの性質をもっているキバは、吠えようともせず、じっと見つめていました。

土佐犬は、その辺をふんふん嗅《か》ぎ回っていましたが、丘《おか》の上のキバを見つけることができませんでした。

「じゃあ、なにか？　そのヤマイヌ野郎は、つないであるんじゃねえのか？」

「どうも夜、こっそり放《はな》しているようだな」

土木作業員は、少し心配そうな顔をしました。

牧場には、雪が白く積もっています。

「ううっ、寒い」

土木作業員が震《ふる》えます。酒一升《いっしょう》では安すぎると思っているようです。

「おい松、おめえは、何もらったんだ」

「なにも、もらわねえよ」

「嘘《うそ》をつけ。おまえのようなガリガリが、ただで引き受けるけえ」

と言いかけて、松吉《まつきち》は丘《おか》の上を見すかし、

「動いたぞ。いたぞ。タキの畜生《ちくしょう》だ。ほれ！」

と、土木作業員《どぼくさぎょういん》に指差しました。

「どれどれ……」

土木作業員はよく分からなかったので、土佐犬《とさいぬ》の首をたたいて、

「鬼吉《おにきち》、見つけろ」

と、言いました。

鬼吉というのが、この土佐犬の名前です。

鬼吉は、まだキバを見つけていないようです。

風が鬼吉のほうから吹《ふ》いていたので、鬼吉には分からなかったのです。それに、犬は近眼《きんがん》です。

「ほれ鬼吉。あそこだ。ウシ、ウシ」

キバを見つけた土木作業員は、土佐犬の首輪《くびわ》を握《にぎ》って丘の上を指差《ゆびさ》します。

鬼吉は、きっとして丘の上を見上げましたが、目も鼻もあまり敏感《びんかん》ではないので、キバを見つけることができません。

鬼吉は、しかたなく、丘に向かって突進《とっしん》しました。

キバは、丘の上にじっと伏《ふ》せています。

鬼吉は、鼻をやたらにフンフンいわせて、そこらじゅうを嗅《か》ぎ回っています。

キバは、トコトコ雪原を走り、鬼吉がようやく丘の上に来た時は、柵《さく》の破《やぶ》れ目のところで鬼吉や人間たちの臭《にお》いを嗅《か》いでいました。

鬼吉の臭いを嗅いでキバは、これは、てごわい敵《てき》だぞと思いました。

丘の上では、やっとキバの足跡《あしあと》を見つけたようです。

足跡を追ってきます。

「おんや、あん畜生！　ここから出たな」

松吉がそう言って、柵《さく》を乗り越えて出ました。

それから鬼吉が、破れ目の穴をくぐりました。首輪につけられた綱《つな》は、まだ土木作業員の手にしっかりと握《にぎ》られています。

土木作業員《どぼくさぎょういん》は、柵《さく》の内側に残っています。

鬼吉《おにきち》の顔が、柵《さく》の破《やぶ》れ目から突《つ》き出され、片足が窮屈《きゅうくつ》そうに押し出された時です。

キバが飛びかかりました。キバの鋭《するど》くて長い牙《きば》が、鬼吉の厚ぼったい首筋《くびすじ》にズブリと突《つ》き刺《さ》さり、ザクリと引《ひ》き裂《さ》きました。

グウァワァワァ……。

鬼吉は、恐《おそ》ろしい唸《うな》り声を上げました。しかし、自由がききません。

「やっ、こん畜生《ちくしょう》！」

と土木作業員が怒鳴《どな》りましたが、柵の内側ではどうすることもできません。

松吉《まつきち》は、恐《おそ》ろしくなって、

「ひえっ！」

と、叫《さけ》んで雪の上を転《ころ》びながら逃《に》げました。

この話は、村中にぱっと広がりました。

「してみると、あん畜生は、馬鹿《ばか》じゃないなあ」

鬼吉と戦《たたか》うキバ

と、集落《しゅうらく》の人は話し合い、ますますキバを憎《にく》みました。

その後、キバは、何度も戦《たたか》い、そのたびに勝ちました。

ある日、ウサギ狩《が》りが行われることになりました。

カラマツやシラカバの美しい林の中です。それは日高牧場《ひだかぼくじょう》のまわりにありました。

「やるのは日曜日です。レクリエーションですから、なるべく多くの人々に参加してもらいたいのです。それから犬などもたくさん連れてきてください」

という通知が配《くば》られました。

「タキは山の犬だから、きっと嬉《うれ》しいに違《ちが》いないわ」

と、早苗《さなえ》は考えました。

「ねえ、タキ、行きたい?」

早苗はキバの鼻に額《ひたい》をつけて聞きました。

キバは嬉《うれ》しそうです。

その日は、素晴《すば》らしい天気になりました。

昨夜、雪が降ったので、一面の汚《けが》れのない銀世界です。

「今日はいいぞ、足跡《あしあと》がはっきりしている」

と、村のリーダーが言いました。

網《あみ》を張《は》る者たちが、先に出発しました。

早苗やキバのいる本隊が、ホーイホーイとかけ声をかけながら、丘《おか》を巻いていきます。

木の根っこから、ぱっと白いエゾウサギが飛び出します。

犬たちは、吠《ほ》えながらそれを追います。

夕方までには、かなりのウサギが獲《と》れました。

「さあ、これでおしまいだから、頑張《がんば》って」

と、リーダーが言います。

ちょうどその時、エゾギツネが躍《おど》り出ました。

丘のふもとで、カラマツの林もとぎれています。次の林の頂《いただき》のはるか向こうにあります。

林と林の中間は、ギラギラした雪原《せつげん》でした。

エゾギツネは、その真っ白な雪原《せつげん》の真っただ中を走っていきます。

「出た！」

「犬だ！」

「追え！」

ボン、ボンと一、二発の銃声《じゅうせい》が響《ひび》きました。キツネにはとても当たりません。

キツネは、まっしぐらに丘《おか》に駆《か》け上がり、次の林の中に姿《すがた》を消すよりしかたがありません。

キツネは、身軽《みがる》に跳《と》んでいきます。

足の長い犬は、ぐんぐん追いつきますが、そのたびにキツネはクルリと身体をかわして逃《に》げるのでした。

犬たちは、トラという犬を先頭《せんとう》にして追っています。

トラはあせっていました。目が血走《ちばし》っています。しかし、クルリクルリとキツネに逃《に》げられてしまいます。キツネも目が眩《くら》んで、ふらふらしてきたようです。

「それっ、タキ」

早苗《さなえ》がキバに命じました。キバの出番です。

キバが追いつきます。そして、がぶりとやりました。

キバは、キツネを雪の上に引きずり、牙《きば》を立てました。

ところが、そこに新たなる敵《てき》が現れたのです。それは、トラをボスとする、おおぜいの犬どもでした。

トラは、キバの前方、七メートルばかりのところで立ち止まり、背中の毛を逆立《さかだ》てました。

ほかの犬も、キバをグルリと囲みます。

しかし、キバは、逃《に》げる気がありませんでした。

キバは、ぐったりとなったキツネを、そっと雪の上に置くと、だまってその上に立ちはだかりました。

ウー、ウー、グウーッ
犬たちが唸《うな》ります。

耳を引き、唇《くちびる》を巻くり上げ、牙を現し、目をギラギラと光らせています。

キバは静かに立っていました。

普段《ふだん》と少しも変わらないような顔をしています。

犬どもが、じりじりと迫《せま》ってきました。

トラは、味方がおおぜいなのに安心して、猛然《もうぜん》と突進《とっしん》してきました。

キバが身体をかわします。トラが立ち直ろうとした瞬間《しゅんかん》、キバは、ど、し、ん、とトラの肩に体当たりをくわせました。

トラがよろめきます。トラはキバの鋭《するど》い牙《きば》にかかって、雪の上に投げ出されます。

すると、それを見ていた集落の犬が、いっせい攻撃《こうげき》をかけてきたのです。

キバは怒《おこ》りました。キバの心は火の玉のようです。

キバは、オオカミ流の素早《すばや》い戦法《せんぽう》で、咬《か》んでは引《ひ》き裂《さ》き、引き裂いては飛《と》び跳《は》ねました。

ガアガアという、恐《おそ》ろしい叫《さけ》び声が上がります。

ガツガツと牙がぶつかり合います。

悲鳴《ひめい》が上がり、雪が血で真っ赤になりました。

トラの仲間との戦い

もう傷《きず》を受けない犬などは、一匹もおりません。そして、一番ひどい傷を受けたのはキバでした。

一匹ずつの戦《たたか》いならば、絶対負けることのないキバです。しかし、敵《てき》は、入《い》れ替《か》わり立《た》ち代《かわ》りやって来ます。

キバは、もう目の前が見えなくなりました。力がつきはてたのです。咽喉《のど》をぐいぐいと締《し》め上げられ、振《ふ》り回されます。

呼吸が苦しくなり、ヒューヒューと笛のような声が出ます。

その時、キバは、新しい犬の声が、どこかでしたような気がしました。

キバは、ついに気を失ってしまいました。


しばらくして気がつくと、早苗《さなえ》がそばで泣いていました。

戦った相手は一匹もいません。いるのは大きな黒い犬で、それがキバの傷口をペロペロと舐《な》めていてくれました。

黒い犬は、テツだったのです。

「よかったわ、ヨシトさんたちが来てくれて……」

と、早苗が言いました。

「あんまり犬が騒《さわ》いでいたので、駆《か》けつけてみたが、よかったね」

ヨシトの父親、アイヌの猟師《りょうし》のカネトでした。

父と子は、テツを連れて狩《か》りに来たところだったのです。

「でも、これでこの犬、利口《りこう》になるよ。いい勉強しました」

と、カネトが早苗に言いました。

悲しい別れ

春が来ました。

日高牧場《ひだかぼくじょう》の雪が解《と》けて、斜面からサラサラと音を立てて流れています。

ポックやジュリーは、嬉《うれ》しそうに飛《と》び跳《は》ねていますが、キバの姿《すがた》が見あたりません。

キバは、病気でした。

首と肩《かた》と後ろの腿《もも》に受けた傷《きず》は、骨まで届いていたのです。ちょっと身体を動かしただけでも、痛みがジーンと肉体に伝わります。

それでもキバは、グウーとも言わずがまんをしました。

「タキ、ほら、お粥《かゆ》よ。おいしいわよ」

早苗《さなえ》が、雑炊《ぞうすい》をまくら元に運んできました。

キバは、痛みをがまんして身体を起こし、早苗の手を舐《な》めます。食事よりも、早苗に、いつまでもそばにいて欲《ほ》しいような顔をしています。

エゾヤマザクラの花が風に散る頃でした。

カネトとヨシトが、テツを連れて日高牧場にやって来ました。

キバは、どうやら身体も治《なお》り、サイロのそばで寝そべっていました。

お人よしのジュリーは、キバに近寄って愛想《あいそ》をふりまき、やわらかい舌でキバの傷口を舐めています。

同じ主人の仲間でしたから、ポックでさえ気がむくとキバに愛想をふりまきました。

テツがカネトに連《つ》れられて丘《おか》の下から登ってくるのを見ると、ポックは、
ウ、ウ、ウ、ワンワン
と吠《ほ》えました。

四本の足で地面を引っかいて怒《おこ》りました。

「ポック、およし」

早苗が声をかけても、ポックはやめようとしません。ポックは、とうとう早苗に追い払われてしまいました。

カネトは、早苗の顔色を変えるようなことを言いました。

キバをもらいたいというのです。

「お嬢《じょう》さんが、タキをとっても可愛《かわい》がっているのはよく分かります。ですが、わしの言うことも聞いてください」

と、カネトが言いました。

キバは、ヒグマ猟《りょう》にはもってこいの犬だというのです。

こんな利口《りこう》で勇気のある犬は、一〇〇〇匹のうち一匹もいるかどうかというのです。

カネトは、いつかの奮戦《ふんせん》ぶりを見て、そう感じたのでした。

「嫌《いや》よ。タキはどんなにいいヒグマ犬でも、わたしにとっては大切な友だちなのよ。タキだって、ここにいたいに違《ちが》いないわ」

と、早苗《さなえ》が言いました。

それは、カネトやヨシトも考えていたことでした。

「お嬢さん、お嬢さんのお気持ちはよく分かります。が、この山は片目のゴンという、恐《おそ》ろしい人食いヒグマがおります。もう、ずいぶん人間を殺したり傷《きず》つけたりしています。この春先だって……」

と、カネトが言いました。

この春には、ホロカイシカリ川に木を切りに入った、きこりの一家が、片目のゴンのためにみな殺《ごろ》しにされていました。

「わしは、このタキで、片目のゴンをやっつけたいのです。お嬢さん、分かってください」

「だって、カネトさんには、テツというういいヒグマ犬がいるじゃありませんか」

早苗が言います。

「確かに、テツはいい犬です。ですが、ゴンには無理《むり》です。ゴンはタキでないと使えません」

カネトは、苦しそうに、額《ひたい》の汗《あせ》を拭《ふ》いています。

やがて、養一郎《よういちろう》が、重々しく口を開きました。

「早苗、みんなのためだ。タキをカネトさんのところに譲《ゆず》ったら……。それにタキは、ここで村人に恨《うら》まれ、憎《にく》まれているから、この前のようなことがあると、よけいにかわいそうだよ」

「そうよ、早苗《さなえ》ちゃん。タキは、もともと山の犬でしょう。だから、この牧場《ぼくじょう》だけに閉《と》じ込《こ》めておくのもかわいそうね。カネトさんのところにやれば、テツもいるし、ヨシトさんだっているんだから、自由に山歩きができてタキも幸せよ。タキの身にもなってあげなきゃ……」

と、母の幾代《いくよ》も口を出しました。

早苗は、父や母の言葉を、じっと噛《か》みしめています。

どんなにしても別れたくありません。しかし、タキの幸福を考えると、自分の愛情などは犠牲《ぎせい》にしても……と思うようになりました。

「分かったわ」

ずいぶん考えたあとで、早苗は、ぽつんと言いました。

「タキをカネトさんに差し上げます」

そう言って唇《くちびる》を噛《か》んだのですが、涙《なみだ》が流れてしかたがありません。

「うん、それがいいよ、早苗の悲しい気持ちは分かるがね」

と、養一郎《よういちろう》がしんみりと言います。

「お嬢《じょう》さん、すみません。ありがとうございます」

カネトは、申《もう》し訳《わけ》なさそうに、ぺこりとおじぎをしました。

「でも、わたし、カネトさんやヨシトさんに、お約束がありますわ」

早苗が言います。

二人は、なんだろうと早苗の顔を見守りました。

「きっと日本一のヒグマ犬にしてください。それをお約束して……。それからわたし以上に可愛《かわい》がって、タキに悲しい思いをさせないでね。タキは、まだ本当に丈夫《じょうぶ》になっていないのよ」

「分かりました」

カネトは、きっぱりと言い切りました。

キバは、カネトの家に連《つ》れてこられました。

上川《かみかわ》アイヌの酋長《しゅうちょう》カネトの家《いえ》は、石狩川《いしかりがわ》の支流《しりゅう》であるニセイチャロマップ川が石狩川とぶつかったところにありました。

カネトの家には、見覚えのあるカラフト犬のテツと、白毛の北海道犬《ほっかいどうけん》がいました。

この北海道犬《ほっかいどうけん》は、最初、猛烈《もうれつ》にキバに吠《ほ》えかかりました。

「シロ！」

と、カネトにしかられると、しゅんとおとなしくなりました。

雌犬《めすいぬ》です。日高牧場《ひだかぼくじょう》の犬よりは、いじわるでもなさそうです。

ヒグマ小屋があるのにはキバも驚《おどろ》きました。檻《おり》の中には、かなり大きいヒグマが入れてあります。

こいつは、ゴンとおなじ奴《やつ》だ、と思うと、キバは、怒《いか》りに燃えました。

「おとう。タキが怒《おこ》ってる」

ヨシトが言うと、

「うん、かかる気でいるな。よしよし、今にうんと戦《たたか》わしてやる。だが、このヒグマの太郎《たろう》はだめだぞ。これは家の家族だからな。イオマンテ（ヒグマ祭）に使う、大切なキムンカムイ（山神《やまがみ》さま）じゃからな」

と、カネトがキバの頭をなでようとしました。

キバはそれを嫌《きら》って、ピョイと飛び退《の》きました。

カネトの家にいるヒグマ（太郎）に会う

白い牙《きば》で、そっと触《さわ》ったつもりでしたが、カネトの手には血がにじんできました。

カネトは、ヒュウと口を鳴らし、

「強い犬だ。お前のような奴《やつ》でないとゴンはだめだ」

と、たのもしそうにキバの顔を見ました。

ヨシトは、キバの鎖《くさり》を、そばの柱につなぎました。かわいそうだが、なれるまでしかたがありません。

それから、干《ほ》しニシンを持ってきてキバにやりました。ヒグマの太郎《たろう》にもやります。

太郎は、大きな前足で、上手《じょうず》におちょうだいをすると、うまそうに、干《ほ》しニシンを食べました。

しかし、ヒグマの太郎の目には、なんとなく悲しみの色があふれていました。

いいヒグマ犬になって

その夜、カネトの家では、お祝《いわ》いの酒盛《さかも》りが開かれました。

層雲峡《そううんきょう》や上川町《かみかわちょう》に散《ち》らばっている上川アイヌたちが集まってきたのです。

「カネトさんが名犬を手に入れたそうな」

「そんなら片目のゴンも、じきに退治《たいじ》されるじゃろ」

「とにかく、お祝いじゃ」

みんなは、カネトがキバを手に入れたことを、本当に喜んでくれました。

そして、アイヌの神さまに酒をささげ、お祈《いの》りの言葉を述べました。

お祈りが終わると酒盛りです。

酒の強いアイヌたちは、丸く円をつくって座《すわ》り、盃《さかずき》をかわします。

メノコ（女）たちは、拍子《ひょうし》をとって歌います。

ウポポという歌です。

イタソー　カタ（板の間の上で）
カニポンクトシントコ（金の小さな器《うつわ》が）
エトニン　トニン（踊《おど》るよトントン）
エトニン　チャリ（踊るよチャリッと）

飾《かざ》り気のない、しみじみとした歌です。男も歌いました。
カネトが歌いだすと、ほかの男たちも続きました。
そのとき、キバは夢を見ていました。
日高牧場《ひだかぼくじょう》と早苗《さなえ》たちの夢です。
「タキ、帰って来てくれたの。とっても寂《さび》しかったわ」
そんな早苗の声が聞こえてきます。
キバは、思いきり甘《あま》えてみたくなりました。
次には、あの犬どもと戦《たたか》った夢を見ました。
すると、キバの口から唸《うな》り声が洩《も》れ、手足がふるえてきました。

「タキ、夢を見てたのか?」

ヨシトがキバを起こしました。

「タキ、ご飯を食べろよ。身体が弱るぞ」

ヨシトがすすめます。

しかし、キバは少しも食欲《しょくよく》がわかないようです。キバは、悲しそうな顔をして、ちらっと見ただけでした。

「ああ、ヨシトや。これがその犬かい」

七〇歳を超えたような、老人アイヌが聞きます。

「うん。だけど、ご飯を食べないんだよ」

「なあに、まだここになれないからだ。二、三日もすれば、食べるようになるさ」

それから老人は、キバの鎖《くさり》を持って、みんなに見せにゆくと言い出しました。

「鎖なら、僕《ぼく》が……」

「なあに、大丈夫《だいじょうぶ》だ」

と、老人が言います。

「犬扱《いぬあつか》いなら名人だ。あのヒグマとりの赤吉《あかきち》をこしらえたのも、わしだ」

老人は、自慢《じまん》しました。

老人は、酔《よ》った危なっかしい足取りで、鎖《くさり》を引きました。キバを、オオカミ犬だとは思っていないらしいのです。

「タキ！　ほれタキ！　こっちに来い！」

老人は力まかせにキバの鎖を引きました。

キバは足をつっぱって、嫌《いや》だと逆らいました。

「ほれ！　この犬め！」

老人は、なおも強く引きました。

すると、それに合わせるように、キバは、跳《は》ね上がって首を激《はげ》しく振《ふ》りました。

老人がよろめいて尻《しり》もちをつき、キバが走りました。

「あっ、タキ！」

ヨシトが叫《さけ》びました。

「タキ！　帰れ！」

そんな声も耳に入りません。キバは外に飛び出し、雪道を走りました。

西へ西へと走るのです。

ホロカイシカリの川に出ます。赤岳《あかだけ》、北海岳《ほっかいだけ》、白雲岳《はくうんだけ》と走ります。

白雲岳の裏に出て、それからまた走ります。

空に鼻を上げ、臭《にお》いを嗅《か》いでからまた走ります。

やがて……尾根《おね》に出ます。

ここで妹犬が殺され、自分も死にかけた場所です。

道を下れば忠別川《ちゅうべつがわ》の上流です。そして、それをどこまでも走れば、懐《なつ》かしい日高牧《ひだかぼく》場《じょう》へ着くはずでした。

「タキ！」

と、呼ぶ早苗《さなえ》の声も聞こえるようです。

キバは立ったまま鼻を上げて、
アオーッオーウォォーッ
と、遠吠《とおぼ》えをしました。

それが、山彦《やまびこ》となって返ってきました。

ところが、山彦にまじって、別の獣《けもの》の遠吠《とおぼ》えが聞こえてくるではありませんか。一匹ではありません。

ふと、絶壁《ぜっぺき》の上を見ると、灰色の獣が立っていました。

キバは、いきなり走り出しました。すると、相手の獣も走ります。一匹に続いて数匹が駆《か》け下りてきます。

キバと数匹の獣は、忠別川《ちゅうべつがわ》の上流のところで、川をはさんでにらみあいました。

キバは、流れの中のところどころに顔を出している岩を飛んで、対岸に渡りました。足が対岸についた瞬間《しゅんかん》、キバは、相手の激《はげ》しい攻撃《こうげき》を肩《かた》に受けました。キバは、音もなく身軽《みがる》に飛《と》び退《の》きました。

相手の動作《どうさ》も、素早《すばや》いものでした。しかし、なんという不思議《ふしぎ》な巡《めぐ》りあわせでしょう。相手は母親のデビルだったのです。

デビルはこんなに成長したキバを、自分の子だとは夢にも思っていません。数匹の弟犬や妹犬も、兄のキバだとは思いません。

攻撃《こうげき》されてキバは戦《たたか》いました。

戦って飛《と》び退《の》き、安全なところで身構えると、デビルたちはそれ以上追ってこないようです。

肩《かた》に受けた傷《きず》は、それほど深くありません。

キバはふたたび流れに沿って走り出しました。

その夜明け方のことです。

羽衣《はごろも》の滝《たき》の少し下にある天人峡温泉《てんにんきょうおんせん》では、ヤギがヤマイヌの群《む》れに殺されたといって騒《さわ》いでいました。

「畜生《ちくしょう》め、この頃、いやに荒《あら》しやがる。ようし、今度遠目《とおめ》のきく時に来てみろ」

と、猟師《りょうし》の又造《またぞう》が歯ぎしりをしていました。

朝日が昇ります。

なにも知らないキバは、旅館のこちら岸に姿を現しました。

そこは、屏風《びょうぶ》のような一枚岩の絶壁《ぜっぺき》になっていて、「キツネ岩」と呼ばれています。

身の軽いエゾギツネが、時たまこの岩の細い裂《さ》け目《め》を伝ってよこぎってゆくところから、そんな名前がつけられたのです。

猟犬《りょうけん》でさえ、その裂《さ》け目《め》は渡れませんでした。

キバは、岩のところまで来ると、立ち止まりました。

身の軽いキバは、こんなところぐらいは渡れそうな気がしました。だが、なんとなく不安な気持ちがします。

キバは、思いきってこの絶壁《ぜっぺき》の道を行くことにしました。

切り立った岩壁《がんぺき》に、わずかな裂け目があります。そこに少しばかり、泥《どろ》がたまっていました。

さすがのキバも、ここは走るわけにはいきません。

そろっそろっと渡ります。

崩《くず》れやすくなった岩が、ポロポロと欠け落ちました。

陽が照って、キバの姿がくっきりと浮かび上がりました。

「又《また》さん！　ヤマイヌがあんなところに！」

人の叫《さけ》び声が起こります。

又造《またぞう》は、飛び出して、いそいで村田銃《むらたじゅう》を肩《かた》にあてました。そして、少し遠いなと思いましたが、かまわずに引き金を引きました。

銃声《じゅうせい》が響《ひび》きます。

キバは、足もとの岩が、カッと赤黄色《あかきいろ》い火花を散らしたのを見ました。はっとして身をすくめます。

初めてなので、自分が鉄砲《てっぽう》で撃《う》たれているということも分かりません。

二発目の銃声です。

鉛玉《なまりだま》が、キバの肩《かた》の毛をむしり取りました。キバは、鉄砲で撃たれることの恐《おそ》ろしさが初めて分かりました。

「又《また》さん、駄目《だめ》だなあ、ほら、ヤマイヌが走り出したぞい」

旅館の番頭《ばんとう》が大声で言いました。又造はあせりました。

「ええい糞《くそ》っ！　どうにでもなれ」

又造は、渡り終えようとするヤマイヌの後半身めがけて発砲《はっぽう》しました。

キバは、飛び上がりました。

右の腿《もも》を撃《う》たれたのです。キバは、三本の足で岩にしがみつきました。

「命中したっ。又《また》さん、もう一発、もう一発」

番頭《ばんとう》が叫《さけ》びます。

旅館の主人や従業員《じゅうぎょういん》たちまでがはやしたてます。

キバは呻《うめ》きました。あと一メートル渡れば、平地と身を隠せる茂《しげ》みがあるのです。

右の後ろ足は、しびれて使うことができません。

「又さん、早く撃ってよ。もう一発」

「なーに、あれでたくさんだあ。もうじき落っこちるから楽しんで見てなせえ」

又造《またぞう》は、自慢《じまん》しながら、村田銃《むらたじゅう》をそばのカエデの木の股《また》に立てかけました。

人間ならば油汗《あぶらあせ》を流すところです。キバは長い舌を出して、ハアハアあえぎました。

キバは、目が眩《くら》んできました。

「見ろよ。もう落ちるぜ」

又造は、苦しんでいるキバを心地《ここち》よげに見上げ、石段に腰《こし》を下ろして、タバコに火をつけました。

右後《みぎうし》ろ足《あし》を撃《う》たれたキバがキツネ岩《いわ》を歩《ある》く

キバは岩の窪《くぼ》みに爪《つめ》をかけ、全力をこめて飛《と》び跳《は》ねました。上も下も、絶壁《ぜっぺき》です。それも八〇度の傾斜《けいしゃ》です。

しかし、さすがにキバです。キバは、ついに平地に飛んで出ることができました。

早苗《さなえ》も、何度かタキの夢を見ました。

タキの、甘《あま》ったれる夢です。

ヒグマと戦《たたか》って、傷《きず》ついた夢も見ました。

早苗は、夕方になると、よくキバが遠吠《とおぼ》えした丘《おか》や寝そべったサイロの壁《かべ》のところに出てみました。

その夕方もそうでした。

早苗は、夕食後、牧場《ぼくじょう》の丘の上に出てみました。

誰もいません。

「ターキー。ターキー」

早苗は大声で叫《さけ》びました。

その声が、遠くに響《ひび》いて、すーっと消えた時でした。

牧場続きのカラマツの林の中から、一匹の灰色の獣《けもの》が現れました。

獣は傷ついて、よろめいていました。

早苗は、しばらくその獣を見つめ、飛び上がって叫《さけ》びました。

「タキ！　ほんとうにタキ！　どうしたの？」

早苗は、叫びながら、夢中《むちゅう》になって走りました。

キバも早苗に駆《か》け寄《よ》ろうとして、よろめきました。

キバは、嬉《うれ》しさを全身に現し、尾を激しく振《ふ》りました。

鼻は、熱のために乾《かわ》いています。右足に血がどす黒く固まっています。

「まあ、ひどい！　タキ、誰がこんなことをしたの」

早苗に抱《だ》かれると、もうキバは動けませんでした。

早苗の知らせを受けると、養一郎《よういちろう》と幾代《いくよ》も飛び出してきました。さらに、松吉《まつきち》が続きました。松吉は、養一郎に命ぜられて、獣医《じゅうい》を呼びにオート三輪車（三輪のトラック）を飛ばしました。

獣医《じゅうい》はすぐに来ました。

「うまい具合に骨に当たっていません。玉は貫通《かんつう》しています。なあーに、犬の傷《きず》だからすぐに治《なお》るでしょう」

と、獣医が言います。

ポックとジュリーも、代わる代わる見舞《みま》いに来ては、傷口を舐《な》めました。

次の日です。

天人峡温泉《てんにんきょうおんせん》から又造《またぞう》と旅館の番頭《ばんとう》が、日高牧場《ひだかぼくじょう》にやって来ました。

「驚《おどろ》くじゃあございませんか。この辺をやたらに荒《あ》らし回っているヤマイヌの大将《たいしょう》が、お宅さまの犬だったとはねえ」

「あの朝、うちのヤギが殺《や》られましてねえ。行方《ゆくえ》を捜《さが》してますと、お宅の犬が、向こうの崖《がけ》から、こっそりその様子《ようす》をうかがっていたんです」

「そこで撃《う》ちましたが……あとで見知《みし》っている者がいましてねえ。あれは日高牧場の犬だと言うもんですから……」

と、しゃべりたてました。

「では、どうしろと言うんですか？　確かにうちのタキが、お宅のヤギを殺したところを見たんですね」

養一郎《よういちろう》が聞きます。

「いや、殺したところは見たわけじゃないが、ヤギはヤマイヌに殺されていたし……お宅の犬が……」

「タキがどうしたんです？」

「向《む》かいの、崖《がけ》の上からのぞきに来ました。わたしたちがどんなに騒《さわ》いでいるか、偵《てい》察《さつ》に来たんです」

「はははは」

と、養一郎が笑いました。

「それは人間の考え方だ。動物にはそんな馬鹿《ばか》なことはありませんよ」

「でも、旦那《だんな》」

「じゃあ、お前さんにたずねるがね。もし、山で誰かが鉄砲《てっぽう》に撃《う》たれて死んでたとしたら、犯人《はんにん》はお前さんということになるかね？」

「そんな阿呆《あほ》な」

「そうだろう。それと同じことだよ」

養一郎《よういちろう》に言い負かされると、又造《またぞう》たちは口の中でブツブツと言いながら引き揚げていきました。

カネトやヨシトが、あわてて日高牧場《ひだかぼくじょう》にやって来たのは、その次の日の昼過ぎでした。

「お嬢《じょう》さんの大事な犬をもらっておきながら、こんなことになって……」

カネトは、テーブルの上に両手をついて謝《あやま》りました。

「いいのよ、おじさん、タキは、帰ろうと思ったら、きっと帰ってくる犬よ。タキは、しばらくここにおいて、わたしが看病《かんびょう》します。でも良くなったら、わたしが連《つ》れて行くわね。今度はきっとおじさんの家になつくわ」

「すみません。お嬢さん」

カネトは、そう詫《わ》びてから、

「旦那《だんな》さま、お願いがございます」

と、言いました。

「なんだね」

「じつは、このヨシトですが、タキが治《なお》りますまで、タキと一緒《いっしょ》に犬小屋におかせてくださいませんか?」

「まさか、犬小屋というわけにいかんが、牧夫《ぼくふ》たちのところならいいよ」

「いいえ、犬小屋のほうが、早くタキが馴染《なじ》んでくれると思います」

カネトは頭を下げてお願いしました。

こうしてヨシトは、日高牧場に残ることになったのです。


春が過ぎて、夏がやって来ました。

ウグイスが、牧場の柵《さく》で鳴きたてる頃、キバの鉄砲傷《てっぽうきず》もどうやらよくなりました。

ヨシトの真心《まごころ》もキバに通じたようです。

キバに触《さわ》っても、キバは怒《おこ》りません。

早苗《さなえ》は、この年の春に学校を卒業していました。

「なあ、早苗《さなえ》。もうタキの傷もよくなったようだし、カネトのところにやったほうがいいね」

ある日、養一郎《よういちろう》が言いました。

「タキ、今度こそ、ほんとうにお別れよ。ヨシトさんの、いいヒグマ犬になってよ」

早苗は、キバに頬《ほお》ずりをして泣きました。

次の朝、早苗たちは自動車で、途中《とちゅう》までキバを送ってきました。

自動車が遠くに離《はな》れていくのを見て、キバは悲しげに遠吠《とおぼ》えをしましたが、今度はあとを追おうとはしませんでした。

知ることと生きること

太陽はまだ夏のような顔をしていましたが、大雪山《だいせつざん》には初雪《はつゆき》が来ました。

札幌《さっぽろ》や旭川《あさひかわ》では、アイスクリームを食べたり、氷水《こおりみず》を飲んだりしている頃です。

大雪山の初雪は、毎年九月二〇日頃にやって来るのです。

キバの訓練《くんれん》がはじまりました。


前へ！　後へ！　待て！　ふせ！

いけ！　右へ！　左へ！　捜《さが》せ！　追え！

そんな訓練を、キバは一か月くらいで覚えました。

「タキは一〇〇年に一度出るかどうか分からない名犬だ」

カネトが言います。

「テツだって、これだけ覚えるのに三か月はかかったもんな。お父《とう》」

ヨシトが嬉《うれ》しそうに答えます。

一〇月の半ばになると、黒岳《くろだけ》の四合目まで雪が降りました。

冷たい風が、ヒューヒューと里に吹《ふ》いてきます。

「カネトさん、また片目のゴンが暴《あば》れ出したぞい」

「シカがピリベツ岳から北見富士《きたみふじ》のほうに、えらく増えたというぜ」

「ニセイカウシュッペ山で、上川町《かみかわちょう》の吉田《よしだ》さんが大ヒグマを撃《う》ったとよ」

こういう、いろんな情報《じょうほう》がカネトの耳に伝わってきましたが、カネトは聞こえないふりをしていました。

キバをヒグマ猟《りょう》の名犬に育てるまでは、よけいなことに手を出さないと決心していたのです。

カネトの教えは厳《きび》しいものでした。

これまでに、訓練中《くんれんちゅう》に何匹も犬を死なせています。

岩場から転《ころ》げ落ちて死んだ犬もいます。

薄氷《はくひょう》の張った沼《ぬま》に飛《と》び込《こ》んで死んだ犬もいます。

ヒグマを恐《おそ》れて攻撃《こうげき》できずに、カネトに撃たれて死んだ犬もいます。

カネトは、普段《ふだん》は人付《ひとづ》き合《あ》いのよい、おとなしい老人でしたが、狩《か》りとなると別人のように気難《きむずか》しくなるのでした。

山で育ったキバには、カネトの教える山の歩き方や、走り方、泳ぎ方などは、とうの昔に知っていることでした。

キバには、おもしろくないことが一つありました。

それは、自分が殺した獲物《えもの》を、カネトやヨシトにやらなければならないことでした。だから、カネトがそばに寄って、それを取り上げようとすると、キバは荒々《あらあら》しく逆《さか》らいました。

カネトは、主人に獲物を渡《わた》すことを、棍棒《こんぼう》を使って教えました。それだけにキバの心はカネトから離れました。

しかしキバは、カネトが言うように、一〇〇年に一度の名猟犬《めいりょうけん》として、すくすく育ちました。

シカを追い詰《つ》め、咽喉笛《のどぶえ》を食《く》い裂《さ》いて雪の上に引きずり倒しました。

カネトやヨシトは、キバに追いつくために、ハアハアと息を切らしています。

キバは、だんだん自信をつけていきました。

キバは、鉄砲《てっぽう》のことはよく知りませんでした。

カネトが鉄砲を撃《う》つと、キバは大地にしがみつきました。いつかの絶壁《ぜっぺき》で撃たれたことが、痛《いた》いくらいに思い出されるのです。

「ほっ。お父《とう》、タキが怖《こわ》がっている」

ヨシトがカネトに声をかけました。

「違う」

カネトは、キバの様子《ようす》をじっと見てから、強く言いました。

「怖がっているんじゃない。用心しているんだ。タキは鉄砲で撃たれた時のことを思い出したんだ。この犬はな、一度身に染《し》みたことは、けっして忘れない犬なんだよ」

カネトは、誇《ほこ》らしげに言います。

キバは、やがて鉄砲にもなれてきました。

鉄砲の臭《にお》いを嗅《か》いで調べもします。

「ヨシト、タキがどんなに利口《りこう》な犬か見てやろうか」

ある日、カネトがにやりと笑いながら言いました。

カネトは、枝《えだ》に下げてある鉄砲を取り上げると、谷間のほうに向かって鉄砲を肩《かた》にあてました。

キバは、平然《へいぜん》と立っていました。

それからカネトは、鉄砲を肩《かた》にあてたまま、そろりそろりと身体をひねって、銃口《じゅうこう》をキバのほうに向けました。

キバは、じっとカネトを見ました。

背中の毛が逆立《さかだ》ちはじめます。

そして、狙《ねら》いが定まるかと見えた時、キバはサッと逃《に》げたのです。

「ほらな、このとおり鉄砲の恐《おそ》ろしいことを、ちゃんと覚えてしまった」

カネトは笑いながら、藪《やぶ》の中に潜り込んだキバのほうを見て言いました。

「タキ！　出て来いよ。撃ちゃあしないよ」

ヨシトが呼びました。

キバはカネトが鉄砲《てっぽう》を木に立てかけるのを見てから、ノソノソと藪《やぶ》の中から出てきました。

「お父《とう》。タキにゃあ、アマッポのことも教えといたがいいな」

「うん、それから、トラバサミのこともな」

カネトがキバの頭をなでます。

アマッポというのは、獣《けもの》の通り道にかけられる、仕掛《しか》け弓《ゆみ》のことです。

キバはアマッポもトラバサミも覚えてしまいました。

冬ごもりの前の、若いヒグマが一頭ニセイチャロマップ川に沿って、屏風岳《びょうぶだけ》のほうに現れたという噂《うわさ》がありました。

それを聞くとカネトは、

「よし、タキをぶっつけてみるか」

と、初めて乗り気になりました。

シロもテツもついてきます。

ヒグマを見つけます。

テツが追って、キバとシロが続きました。

カネトは、キバの様子《ようす》をじっと見ていました。

ヒグマは追《お》い詰《つ》められると、最後だと思ったのか、いきなり立ち上がりました。

テツは、ヒラリと飛《と》び退《の》きました。

ヒグマが逃げようとすると、テツは、ふたたび襲《おそ》います。

キバは、そのやり方を覚えました。

カネトにけしかけられたシロが、調子《ちょうし》に乗ってヒグマのそばまで行って吠《ほ》えた時、シロは、
キャン！

と言って、打ちのめされてしまいました。

次の瞬間《しゅんかん》、カネトの鉄砲が火を吹《ふ》きました。

ヒグマが倒《たお》れます。しかし、シロは死にました。

キバは、ここでまた一つ大切なことを覚えたわけです。

シロがヒグマにやられる。キバの初ヒグマ戦

イオマンテの夜

層雲峡《そううんきょう》に雪が来て、それがふたたび解《と》けようとしていました。

アイヌのクマ祭り、イオマンテがやって来ました。

「お父《とう》。早苗《さなえ》さんたちにも見てもらったらいいんじゃないかな、イオマンテは、この頃じゃあまり見られなくなったし……」

ヨシトは、父にお願いをしました。

するとカネトは、

「まあ、今度は、よしたがええ」

と、答えたのです。

タキに、また日高牧場《ひだかぼくじょう》を恋しがらせるのはよくない、と考えたからでした。

祭りが、あと数日に近づいた時です。

アイヌの女と子どもたちは、夜になると、ヒグマの檻《おり》の前に集まってセッカリ・ウポポ（檻《おり》をめぐる踊《おど》り）を歌い踊りました。

マヒナ　レラ（裏山《うらやま》からきた風が）
アバチャ　オシマ（入り口にあたって）
ウララ　ニシ（霧雲《きりぐも》が）
カンド　コリキン（天に昇ってゆくよ）

老婆《ろうば》たちが先に歌い、若い女たちの歌声がそれに続きました。
雪と風とが、歌声を引きちぎります。
カネトは火の神に、お神酒《みき》をささげました。
やがて、祭りの日がやって来ました。
美しい朝でした。
昨夜の吹雪《ふぶき》も、嘘《うそ》のようです。
新雪《しんせつ》が、朝日にギラギラと輝《かがや》いています。

アイヌの老人たちが集まってきます。

祭壇《さいだん》が作られます。宝物や刀や玉などが飾《かざ》られます。

キバは、これらの人々の騒《さわ》ぎを不思議《ふしぎ》そうに見ていました。犬たちは、儀式《ぎしき》の邪魔《じゃま》にならないように、遠ざけられています。

カネトは、キバだけには見せてやろうと考えました。

この犬は、犬の形をしているが、きっとキムンカムイ（山の神）に違いないと思ったからです。

歌が、だんだんと高くなっていきます。

カネトが、ヒグマの太郎《たろう》にかわって、別れの言葉を言います。

二人の男が、檻《おり》の上に上りました。

踊りが、いっそう激《はげ》しくなります。

やがて檻の上に積み重《かさ》ねられた木が、一本一本取り除《のぞ》かれます。二本の縄《なわ》が、ヒグマの太郎にかかり、太郎は、十字に縛《しば》られました。

太郎は、初めて唸《うな》りました。

自分が、何をされようとするかを知ったのでしょうか。

　ヘイ　リムセ　ヘイ　チュイ（そら　踊《おど》れ　やれ踊れ）

女たちの歌声に混じって、男たちの、

「ホー、ホッ、ホー、ホッ」

という掛《か》け声がかけられます。

太郎《たろう》は、縄《なわ》で引き上げられました。

檻《おり》の上から、飛び下りる場所を探しているようです。

もう二歳です。これ以上育てては危ないのです。

キバの毛が、逆立《さかだ》ちました。

太郎は下から引っ張られると、身を躍《おど》らせて飛び下りました。太郎の前足が、降り積もった白雪の上に触《ふ》れるか触れないうちに、キバは立ち上がって攻撃《こうげき》をかけました。

しかし、キバは鎖《くさり》でつながれています。

キバは鎖で、グンと首を引っ張られました。

「カネト、犬は引っ込《こ》めたがええ」

カネトより、ずっと年上の老人が言いました。

「勘弁《かんべん》してくれ、この犬はキムンカムイだ」

と、カネトがたのみました。

太郎は、祭壇《さいだん》の前に引かれていきました。

そして、晴《は》れ着《ぎ》を着せられ、耳飾《みみかざり》をつけられました。

神様が　おたちになるよ
さあ　踊りを踊ろうよ

女たちの歌声がふたたび起こると、いよいよイオマンテになりました。

飼い主の長男が、最初の花矢《はなや》を射《い》る――という慣習《かんしゅう》に従って、ヨシトは老人から美しい花矢を渡《わた》されました。

ヨシトは、神にヒグマをささげるといっても、太郎《たろう》だけは殺したくありませんでした。

しかし、どうにもなりません。

自分たちの時代になったら、こんな野蛮《やばん》な、むごたらしいことはやめよう、とせめて思うだけです。

ヨシトは、つむっていた目をそっと開いてみました。

太郎は、いつものようにヨシトにおちょうだいをしました。

それを見ると、ヨシトは弓を引くことができません。

「僕《ぼく》には撃《う》てない！」

と、助けを求めて父を見ると、父のカネトは、

「どうしたヨシト！　大切な儀式《ぎしき》だぞ。しっかりしろ！　そんなことじゃ、アイヌの名門の跡取《あとと》りにはなれぬぞ！」

と、目でしかっているようです。

――やはり、早苗《さなえ》さんに来てもらわなくてよかった――

ヨシトは、目をつむってそう思いました。

ヨシトの目から、涙《なみだ》がすーっと流れます。そして、それを人に見られまいとヨシトは強く頭を振《ふ》り、

――太郎！　許せ！――

と、心の中で叫《さけ》び、花矢《はなや》を放《はな》ちました。

ピューという音がします。

花矢は、みごとに太郎の胸《むね》に突《つ》き刺《さ》さりました。

太郎は雪の上に転《ころ》げ、はじめて怒《いか》りの唸《うな》り声を上げました。

すると、第二、第三、第四の花矢がアイヌたちによって、次々に放たれました。

太郎は、敵《てき》に躍《おど》りかかろうとして暴《あば》れました。真っ赤な血が、白い雪を染《そ》めます。

花矢は、全部放たれましたが、太郎は死にません。ますます暴れます。

いよいよ、仕留《しと》め矢《や》です。鉄のやじりのついたブシ（毒《どく》）の塗《ぬ》られた矢です。

カネトが弓を引《ひ》き絞《しぼ》り、ピューンと仕留め矢を放ちました。

矢は心臓《しんぞう》をつらぬきました。

ヒグマの太郎を射るヨシト

グウウッ……。

太郎《たろう》は悲しげに啼《な》いて、がくりと前のめりに雪の上に倒《たお》れました。

アイヌたちは、天を仰《あお》いで喜びました。太郎の頭が美しく飾《かざ》られ、黒岳《くろだけ》のほうに向けて立てられます。

キバは、それをじっと見ていました。

アーウォー　ウォーッ　オーッ
キバは、そんな野性の声に耳をかたむけて聞いているようでした。

昼の顔と夜の顔

新緑《しんりょく》の季節になりました。

山は、むせかえるようです。

キバは満二歳の立派《りっぱ》な成犬《せいけん》になっていました。そして、日が経《た》つにつれて落ち着かなくなりました。

オオカミの血が騒《さわ》ぐのです。

「あいつは本当にヤマイヌの子だろうかなあ……」

と、ヨシトは考えるのでした。

「そういえば、いつだったか上川町《かみかわちょう》に来たサーカスから、オオカミが逃げたってことをちらっと聞いた……もしかすると……でもタキは、オオカミじゃないや、口笛を吹《ふ》くと、ちゃんと尾を振《ふ》るんだから……」

ヨシトは愛犬《あいけん》のタキがオオカミでないことを信じました。

しかし、キバにはオオカミの血が混《ま》じっていたから、キバは犬のように主人に忠実《ちゅうじつ》ではありませんでした。

日が暮れかかると、ヨシトの目の届《とど》かないところへ行ってみたくなります。

キバには、昼と夜の、違《ちが》った二つの顔があるのです。

キバは、山に登ると姿をくらまし、二日も三日も帰ってこない時があります。

「キムンカムイの、乗り移った犬は、私たちじゃどうしようもないよ」

と、本気でカネトも言うようになりました。

黒岳《くろだけ》の頂上《ちょうじょう》に秋の気配《けはい》が動きだしました。

ある夕方、ヨシトはいつものようにテッと山を下りはじめました。

「今、登山道にシカが飛び出したよ」

「ヒグマかと思って、びっくりしたっけなあ」

ヨシトは、さっき小屋に登ってきた学生たちの話を思い出しました。

このあたりは、この頃ではシカが減っています。

「見間違えたんだろうさ」

ヨシトは、独《ひと》り言《ごと》を言いながら、ジグザグ道を下っていました。

斜面《しゃめん》を下ったところで、テツの足がぴたりと止まりました。

肩《かた》の毛が、逆立《さかだ》っています。

「ヒグマ?」

ヨシトは、ドキリとして林をうかがいました。

薄暗《うすぐら》い林の中をじっと見ます。

と、すぐそばで、一匹の獣《けもの》が、それよりももっと大きい獣を押さえて、じっとこちらを見ているではありませんか。

「なんだ! タキじゃないか!」

ヨシトは、驚《おどろ》いて叫《さけ》びました。

こちらをじっと見ているのは、ここ二、三日戻《もど》ってこなかったタキです。

そばへ行ってヨシトは、もう一度、

「あっ!」

と、驚《おどろ》きました。

エゾシカを倒したキバ

キバは、学生《がくせい》の話していた見事《みごと》なエゾシカを倒《たお》しているのです。

「おう、タキ、お前一人で獲《と》ったのか」

ヨシトは、ほめてやりたい気持ちでそう言いながら、キバに近づきました。

するとキバは、

「近寄るな！」

と言わんばかりに唸《うな》りました。

この時の顔は、夜のオオカミの顔です。本当に、攻撃《こうげき》してきそうな顔です。

ヨシトは、ぞっとしました。今初めてキバという犬の正体《しょうたい》を見たような気がしました。そして、この犬は、もう自分らの犬ではないと思いました。

早苗《さなえ》の犬でもありません。人間の手から離《はな》れていった犬なのです。ヒグマと同じように、山で暮らす獣《けもの》なのです。

キバは、大きなシカの首をくわえて、林の中に引きずって行きました。

ヨシトは、それをぼんやりと見ています。

星が出てきました。

「テツ、行こう」

ヨシトは、力なくテツに呼びかけて、山を下りはじめました。

――俺の犬は、やはり昔からいるテツだけなのだ……タキは山の犬だ。本当にオオカミの落とし子かもしれない。

いい犬だが、主人に逆らうような犬は、飼い犬としては駄目《だめ》だ。家に帰ったら、お父《とう》に話そう――

ヨシトは、そう考えながら、とぼとぼと歩きました。

道は暗かったが、しばらくすると明るくなりました。

空に月が昇《のぼ》ったのです。

その時、ヨシトは、ずっと後ろの丘《おか》の、ものすごい遠吠《とおぼ》えを聞きました。

キバの声だったのです。

アーウォー　ウォーッ　ウオーッ
遠吠えは、何度も不気味《ぶきみ》に聞こえてきました。

厳《きび》しい山の冬

キバは、それ以来カネトの家に戻《もど》りませんでした。

カネトやヨシトを嫌《きら》いになったわけではありません。

その証拠《しょうこ》に、山であっても、口笛を吹《ふ》くと昼ならば寄ってくることもあったのです。

しかし、いたいだけいると、次にはさっさと密林《みつりん》の中に戻っていきます。

キバは、切りたった崖《がけ》の上に出て、月に向かって吠《ほ》えました。

赤石川《あかいしがわ》の流れが、はるか下で音を立てて流れています。

その時、一匹の獣《けもの》が近づいてきました。

雌犬《めすいぬ》です。キバは、四つ足を踏《ふ》ん張《ば》って、正面から相手を見ました。

雌犬は、おびえています。キバよりずっと身体が小さいようです。体付きはキバに似ていました。

顔がとがり、黒と灰白色の犬で、尾が垂《た》れています。

キバよりずっと柔《やわ》らかな感じで、優しさがありました。シェパード種の野性犬のようです。

今度の戦争《せんそう》（第二次世界大戦）で軍用犬《ぐんようけん》がすてられ、その子孫《しそん》がこうして生きているのかもしれません。

やはり、山で生まれ、山で育ったのです。人間を知らず、人間を恐《おそ》れ、尾を振《ふ》ることも、ワンワンと吠《ほ》えることも知らないようです。

仲間に会えて、キバは喜びました。

だから、クンクンと鼻でなき、尾を小きざみに振《ふ》って近寄っていきました。

雌犬は、さーっと毛を逆立てました。そして、ヒラリと身をひるがえすと、後ろの茂《しげ》みに駆《か》け込《こ》んでいきました。

キバは追いました。なぜ逃《に》げるのかキバには分かりません。自分は攻撃《こうげき》しようと思っていなかったからです。

茂みを出ると草原が続いていました。

草原に出ると、キバは、またたくまに、雌犬に追いついてしまいました。

雌犬《めすいぬ》は、立ち止まって、クルリと振《ふ》り向き、牙《きば》を出して唸《うな》りました。

キバは、どうしようかと困ってしまいました。

と、キバは、たくさんの獣《けもの》の臭《にお》いを、ふと感じました。

見ると、なだらかな丘《おか》の上に十数匹の犬どもがこちらを見ているではありませんか。群れの中央に、一匹の大きな奴《やつ》がすくっと立っています。ほかの犬は、立ったり座《すわ》ったりしています。

中央のが大将に違いありません。

犬やオオカミの群れでは、大将の命令に子分は命がけで行動します。大将が命令を下さないかぎり、攻撃《こうげき》はしてきません。

雌犬は、ここまで来ると、やっと安心して仲間のほうに走り込みました。

キバは、足を止めて、じっと丘の上の群れを見上げました。

いろいろの形の犬がいます。

耳の立ったもの、垂《た》れたもの、尾の巻いたもの、伸ばしたの……。シェパード種があり、日本犬があり、カラフト犬があり、ポインターがあり、土佐犬《とさいぬ》があり、といったところです。

えたいのしれない雑種犬《ざっしゅけん》が一番多いようです。

やはり、群れの中心となる犬たちは、姿《すがた》もよく見えました。耳が立って、鋭《するど》い眼つきをしています。

キバは、この連中に見覚《みおぼ》えがありました。

それは、カネトの家を逃《のが》れて、早苗《さなえ》のところへ帰る途中《とちゅう》、忠別川《ちゅうべつがわ》の上流であったあのオオカミの一族でした。

とすると、中央に立っているのは、キバの母、デビルということになります。しかし、それはデビルもキバも分かりません。動物の悲しさです。

デビルは、じっと見下ろしました。

キバも、デビルの目を見ます。

さあっと風が渡《わた》ってきて、デビルの首の毛をそよがせました。デビルは、二、三歩前に出ます。

すると、子分の犬どもが、いっせいに立ち上がり、いつでも攻撃《こうげき》できるような姿勢《しせい》

キバ、母親のデビルに出会う

になりました。

キバは、じっとしています。

デビルは、ふたたび三、四歩進みました。逃《に》げようともしないキバを怒《おこ》っているようです。

デビルが落ち着いた足どりで歩きはじめた時、キバは、デビルを群れから離《はな》して戦《たたか》おうと思いました。

大将を倒《たお》してしまえば、群れはすぐに自分のものになります。

風が吹《ふ》きます。

デビルの体臭《たいしゅう》が運ばれてきます。

「おや？」

というように、キバの足が止まりました。

戦う気持ちがなくなります。相手が雌犬《めすいぬ》だと分かったからです。

キバは、クルリと身をひるがえして走りはじめました。

デビルに率いられた犬どもが、調子に乗って追ってきました。

キバは、どんどん走りました。

群れはキバに追いつけそうもありません。デビルがあきらめたようです。

キバは、得意でした。自信満々でした。

キバは、その夜のうちに高根《たかね》が原《はら》を越え、忠別岳《ちゅうべつだけ》を過ぎ、五色《ごしき》が原《はら》から沼《ぬま》の原《はら》へと走りました。

朝が来ます。

太陽が上がり、世界が金色に輝《かがや》きます。

キバは、ようやく足を止め、この素晴《すば》らしい風景を見ました。

キバの立っているところは、二〇一三メートルのニペソツで一番高い山でした。

――このあたりには、獲物《えもの》がたくさんいるぞ――

キバは、そんな気がしました。

キバは、頂上の岩に立って、真っ赤な太陽に向かって吠《ほ》えました。

「ここは、俺の領土《りょうど》だ」

と言って吠えているのです。

人びとは、ここを鹿追《しかおい》と呼んでいました。

キバは、ペトウトル山一帯《ざんいったい》を自分の領土として狩《か》りをはじめました。

ペトウトル山は、鏡《かがみ》のような然別湖《しかりべつこ》のあたりにそびえています。

然別湖から流れでる然別川《しかりべつがわ》やその上流のユーヤンベツ川《がわ》には、マスが群れをなしていました。

キバにはそれが、獲物だとは分かりませんでした。

それをキバに教えたのは、ウペペサンケ山にいた親子グマでした。

母グマは、二匹の子グマを連《つ》れて、ユーヤンベツ川の上流をさまよっていました。

キバは、少し離《はな》れたマツの陰から、三匹の様子《ようす》をじっとうかがっていました。

母グマは、マスの捕《と》り方を教えているのでした。

山に入ると、片目のゴンを除いては、ヒグマにそれほど怒《いか》りを感じていません。

キバは、ヒグマ親子のやり方を、黙《だま》って見ていました。

深いところにマスたちが群れをなしています。

母グマは、胸までつかって、マスの群れを追い散らしました。追われたマスたちは自然に浅いところに集まってきます。

母グマは、それを浅いほうへ浅いほうへと追います。バシャバシャと水音を立てて、岸のほうへ追います。

マスの背中が水面に半分も出てきます。マスは身体を斜《なな》めにします。

その瞬間《しゅんかん》、母グマは、ぱっと飛び掛かって、大きな手でマスを叩《たた》くのです。

叩かれたマスは、血をにじませて浮かび上がってきます。母グマは、それをポイポイと川原にほうり出しました。

キバは感心しました。

親子グマが立ち去ってしまったあと、キバは川原に出ました。

食べ残りの魚の血や肉のくずが落ちています。

キバは、それらをフンフンと嗅《か》いで、

「これは食べられるぞ」

と思いました。

キバは、真似《まね》をしてみたくなりました。

川の中央には、まだマスがいます。

キバは、母グマのしたように、川へ入っていきました。深さは首まであります。マスは、浅いところに逃《に》げました。

そこまでは同じでしたが、それから先は上手《うま》くいきません。

キバは、何度も失敗し、何度も繰《く》り返《かえ》しました。

そして、数日後、キバは、あの母グマと同じような、マス捕《と》りの名人になりました。

キバには、気にくわない敵《てき》がいました。

それは、十勝岳連峰《とかちだけれんぽう》の絶壁《ぜっぺき》から飛んでくるオオワシの夫婦でした。

ワシの夫婦は、キバの狩《か》りのじゃまをするのです。

狙《ねら》いをつけて、獲物《えもの》にそろりと近寄ったところを、オオワシにさらわれたりします。

二羽が共同でそれをやります。

キバは、この空の敵に向かって攻撃《こうげき》をしました。それでも一羽と血みどろの戦《たたか》いをしている時、もう一羽に獲物を奪《うば》われたりしました。

キバは、くやしくてなりません。

キバは戦《たたか》う場所を考えました。オオワシが滑走《かっそう》してくるのに不便な、藪《やぶ》のちんまりした広場があります。

そこへキバは、捕《と》らえたウサギを運びました。

キバは、ウサギを藪の茂《しげ》みにそっと置くと、自分は、その茂みの中に潜《もぐ》り込《こ》んで、しばらく待っていました。

藪は、びっしり茂っていて、うまい具合《ぐあい》にキバの姿を隠《かく》してくれます。

傷を受けたウサギは、バタバタと暴《あば》れています。

キーッという羽摺《はず》れの音がしました。

大きいほうの、雌《めす》のオオワシが急降下《きゅうこうか》してきたのです。オオワシは、鋭《するど》い鉤《かぎ》のような爪《つめ》でウサギを捕えました。

そして、オオワシが浮《う》かび上がった時でした。キバは藪の中から飛び出し、オオワシの翼《つばさ》を狙《ねら》いました。

とたんにキバは、翼でガーンと一撃《いちげき》をくらったのです。キバはよろめきました。しかし、そのまま第二の攻撃《こうげき》を受けるほどまぬけではありません。

ノウサギを捕えたオオワシに飛びかかろうとするキバ

キバは敵《てき》の翼《つばさ》の関節《かんせつ》に鋭《するど》い牙《きば》を立てました。

ギャーッという叫《さけ》び声が上がります。

オオワシは、全身の毛を逆立てて、キバの後頭部《こうとうぶ》に向かってくちばしを振《ふ》るいました。

羽と毛が、そこら一面に舞《ま》い散《ち》ります。

キバは、猛烈《もうれつ》に振り回しました。

もう一羽のオオワシは、上空から何度もキバに襲《おそ》いかかろうとしました。

しかし、場所が狭く、藪《やぶ》の近くでうまくいきません。

キバは、オオワシをもっと藪の中に引き入れようとしました。

オオワシの爪《つめ》からウサギが離《はな》れます。ようやく爪が自由になったわけです。オオワシは自由になった右足を上げると、キバの肩《かた》にグサッと爪を立てました。

キバは、全身で怒《おこ》り、オオワシの身体を振り回します。オオワシの翼の関節が、ポリポリと砕《くだ》けてきました。

翼をやられてはオオワシもそれまでです。オオワシは爪を離《はな》しました。

キバも、さっと離れました。
そして、藪の中に隠《かく》れました。もう一羽との戦《たたか》いの準備です。
キバは、藪の中で傷ついた肩《かた》を舐《な》めました。
もう一羽は、襲《おそ》ってきません。雌《めす》のオオワシは飛び立つことができないようです。
キバは、用心深く、二羽の様子《ようす》をうかがっていました。
夜を待って、キバは地上のオオワシを片づけたのでした。

キバは、だんだん強くなっていきました。秋も過ぎ、冬がそろそろやって来ます。
キバにとっては三度目の冬です。
ヒグマたちも穴に入り、山の獣《けもの》たちはだんだんと姿《すがた》を消していきます。
キバは、急に食べものが心配になりました。
ウサギも用心深くなります。
雪は、あとからあとから降り積もり、獣の足跡《あしあと》を消してしまいます。
キバは、しかたなくペトウトル山を捨てて、人里の近くに移ることにしました。

罪《つみ》と罰《ばつ》

人間を知っているキバは、だいたんにも糠平《ぬかびら》の町に入っていきました。

シェパードとよく似た姿です。

これがオオカミの血の混じった山の犬と見破る町の人は、一人もいませんでした。

気温が下がり、零下《れいか》四〇度にもなります。

雪はまるでコンクリートのように凍《こお》りつきます。

キバは、腹《はら》が空《す》いてたまりません。そこらをあさって、なんでも食べました。それでも腹はきつくなりません。

キバと同じように腹をすかした野犬《やけん》が町に出てきます。家畜《かちく》がやられます。

やがて、トラバサミが家畜小屋の入り口に仕掛《しか》けられました。

硝酸《しょうさん》ストリキニーネという毒《どく》をふりかけた、団子《だんご》や肉が雪道にばら撒《ま》かれます。

それでも野犬たちは、群れをつくって、用心しながら町を荒《あ》らしました。

北海道《ほっかいどう》にはカラスがたくさんいます。カラスも人間に害を与えました。作物を荒《あ》らすのです。そればかりではありません。傷《きず》ついた野犬、腹が空《す》いてフラフラになった野犬、仲間はずれになった野犬はカラスに襲《おそ》われて、つつき殺されるのです。何百羽というカラスが襲ってくるのですからたまりません。利口《りこう》なカラスは、犬の目を狙《ねら》って攻撃《こうげき》をかけてきます。

最初は、犬は牙《きば》を出して、十数羽ぐらいは殺します。しかし、ついには力を使い果たし、犬は倒《たお》れてしまいます。カラスの群れは、ゆっくりとそんな犬を片づけるのでした。そういう犬は、たいてい傷を受けて弱っていました。

仲間に傷をつけられ、仲間からはじきだされたのです。犬の群れの大将にさからったからです。

野犬の群れの大将、今やキバが、その大将として、群れを率いていました。

糠平《ぬかびら》の町の、野犬《やけん》の王者となったのです。

キバにそむくものは、殺されます。

殺されないにしても、カラスの群れの待っているところへ追われてしまいます。

「あの、オオカミみてえな大将を殺さなくちゃだめだ」

町の人々は、なんとかしてキバを殺そうとつけ回しました。

しかし、機敏《きびん》なキバは、いつも人間たちの裏をかいて逃《に》げました。

キバたちの姿《すがた》が糠平の町から消えたのは、山に春が訪れてからです。

キバは、懐《なつ》かしい山に帰りました。

子分の一二匹もキバについて山に行きます。

キバの一人旅は、ここで終わりました。

もう一人ではありません。少くとも一二匹の子分を従えた大将なのでした。

野犬が増えて、人間や家畜《かちく》に害を与えるようになったのも戦争のおきみやげの一つです。

戦時中や戦後に犬がほうり出され、その宿なし犬が全国で増えていました。

九州《きゅうしゅう》や関西《かんさい》や、東京《とうきょう》や東北《とうほく》、北海道《ほっかいどう》で野犬に襲《おそ》われた事件が、あいついで起こりました。

新聞は、野犬を取《と》り締《し》まれと、ようやく騒《さわ》ぎたてます。

キバに率いられた一二匹は、大雪山連峰《だいせつざんれんぽう》に入り込んでいたので、人間や家畜《かちく》に害を与えていませんでした。

しかし、広い大雪山国立公園一帯《だいせつざんこくりつこうえんいったい》では、かなりの野犬の群れがいて、それがいろいろな悪さをしていました。

「観光客も来るしな。野犬がはびこるようでは困るわい」

と、お役人たちは頭を痛めていました。

野犬狩《やけんが》りは何回も行われました。

キバは、利口《りこう》だったから、家畜《かちく》を襲《おそ》うような、危険なことはしませんでした。人間の持ち物を荒してはいけない、とも思っていたのです。

ところが、ほかの野犬の群れは、春が来ても町や村を襲いました。

デビルは、片目のゴン以上に憎《にく》まれていました。

デビルのやり方は、残酷《ざんこく》なのです。牧羊犬《ぼくようけん》を殺し、腹《はら》がきつくなってもヒツジを殺して回るのでした。

七〇年前のオオカミのやり方に似ていました。

「北海道《ほっかいどう》にゃあ、もうオオカミはいねえはずだがな」

「やっぱり、どっかに残っていたんでねえか」

「今のうちに退治《たいじ》しねえと、また昔のように、たいへんなことになるずら」

村人たちは、そういって、徹底的《てっていてき》に山狩《やまが》りをやる計画を立てました。

東川村《ひがしかわむら》、上川町《かみかわちょう》、旭川市《あさひかわし》やその付近の猟師《りょうし》が全部動員されました。

「確かに明治のオオカミが残っていたんだ」

老人たちが言います。

しかし、デビルは、人間たちより、はるかに敏感《びんかん》でした。

今日、十勝《とかち》の白金温泉《しろがねおんせん》に現れたかと思うと、次の日にはまったく反対の上川町を襲《おそ》ったりするのです。

追う者もへとへとです。

猟師たちは、嫌気《いやけ》がさしてきました。

「わしがやってみますべ」

カネトが言い出したのは、そういう時でした。

カネトは、上川《かみかわ》アイヌの鉄砲撃《てっぽうう》ちの名にかけて、自分が仕留《しと》めてやろうと決心したのです。

カネトは、ヨシトを連《つ》れて山に入りました。テツもついていきます。

山は広く、野犬《やけん》はなかなか捕《つか》まりません。

「こんな時にタキがいたらなあ。あいつは山の犬だからきっと捕まえる」

カネトが、残念そうに言います。

「どうしているかなあ。もしかすると死んでいるんじゃ……」

ヨシトがそう言いかけるのをカネトはさえぎって、

「あいつが死ぬもんか。タキは強い犬だ」

と、強く言いました。

カネトは、デビルたちの走り回る道を丹念《たんねん》に調べてみました。

場所や時間も調べてみます。

すると、野犬《やけん》の群れにも、一つの決まりがあることに気がつきました。

カネトとヨシトは、その時間や場所を地図の上に書いてもみました。

「二〇頭ぐらいいるようだ」

足跡《あしあと》も調べて、そんな結論にたどりつきました。

「大将をやっつけることだ。大将さえ殺せば、群れはバラバラになる」

と、カネトは自信をもって言いました。

「町長さん。山犬どもの道は分かりました。だけど早くて、追っかけて撃《う》つことは難《むずか》しい。それに、利口《りこう》です。罠《わな》でやらなきゃ駄目《だめ》だと思います。罠をかけてもいいですか？」

カネトは、町役場に行って相談《そうだん》しました。

「罠って、落とし穴かね」

「いえ、落とし穴も掘りますが……」

「じゃあ、トラバサミか？」

「へえ、それにアマッポでなくちゃ」

「そいつは、危険だ」

「しかし、今は人も山に登っていねえ……」

「いや、万一《まんいち》ということがある。それに、国で禁じている」

町長は許してくれません。

「じゃ、ストリキニーネは！」

「それもいかん。カネト、どうか、別な方法を考えてくれ」

町長は、頼むようにしてカネトに言いました。

カネトは、しかたなく、待《ま》ち撃《う》ちをやることにしました。

待ち撃ちで、二、三頭の野犬は殺せましたが、大将はどうしても捕《つか》まえることができません。

とうとう、第二次の大がかりな野犬狩《やけんが》りが行われました。

しかし、それも失敗です。

「よし、止《や》むを得《え》ない」

役人たちも決心しました。

登山を禁止し、アマッポなども使うことにしたのです。

その頃、デビルの周囲には一六頭の犬がおりました。

赤耳が用心棒《ようじんぼう》です。

一六頭は、ヤギとヒツジだけでなく、馬や牛も襲《おそ》いました。そして、ガツガツと肉を引き千切《ちぎ》っては、腹《はら》に詰《つ》め込《こ》みます。オオカミ流のやり方でした。

ある夕方です。

デビルは、大函《おおばこ》への下《くだ》り道で、変なものを見つけました。

以前にはなかったものです。

藪《やぶ》の中の道を横切って、一本の細い紐《ひも》が張られてあるのです。

――はて、なんだろう?――

デビルは、そばによって、フンフン臭《にお》いを嗅《か》いでみました。

微《かす》かに人間の臭《にお》いがします。

これがキバだったら、アマッポという毒矢の仕掛《しか》け罠《わな》であることを見破ったに違《ちが》い

アマッポ（罠《わな》）の紐《ひも》

ありません。

デビルは、紐のたるみを、用心しながら調べていました。

ところが、臆病者《おくびょうもの》のクロが、同じように紐を調べに出てきました。

「よけいなことをするな！」

と、言わんばかりに赤耳がクロに牙《きば》をむきました。

クロは、びっくりして飛《と》び跳《は》ねました。

その時、カネトの仕掛けた紐に触《さわ》ったのです。

ピュッ……。

毒矢《どくや》が流星《りゅうせい》のように走りました。

デビルは、はっとして身を低くしました。だが、矢を充分《じゅうぶん》にはずすことはできません。まともに受けたら、心臓《しんぞう》にグサリです。

矢は、身をかがめたデビルの背骨の肉をすっとぬいました。

デビルは、怒《いか》り狂《くる》って暴《あば》れました。

赤耳やクロや、そのほかの犬は、デビルのそんな姿を、不思議そうに見ています。

毒が回ってきたのです。

デビルはみんなの見ている前で、目を血走《ちばし》らせ、跳《は》ね回りました。それから、やがて目を引きつらせ、泡《あわ》を吹《ふ》き、よろめいて倒《たお》れました。

カネトの作った毒矢で倒《たお》れたのです。カネトの毒矢は、ききめが強いので有名でした。

「カネトのブシ（毒）なら、オロジ（ヒグマ）だって一〇歩も歩けない」

と言われていました。

星のようにすんだ目の犬――ホシがそばにかけ寄った時、デビルは、全身の力を込めて立ち上がろうとし、前足で大地をひっかいていました。

愛《あい》と恐《おそ》れ

夏雲が、すごい早さで走っています。

キバは一二匹の子分を連れて、高根《たかね》が原《はら》へ行ってみたいと、なんとなく思いました。

キバは、夏雲の下をゆっくり歩いて、高根が原へ向かいました。

途中《とちゅう》では狩《か》りをします。

一二匹の子分は、命令されると、キバの手足のように動いて獲物《えもの》を追い立てました。

沼《ぬま》の原《はら》から五色《ごしき》が原《はら》にかけては、一面じめじめした土地です。沼《ぬま》がいくつもあって霧《きり》が立ち込めています。

沼の中には、エゾサンショウウオが群れをなしていました。

あたりは原始的で、ひっそりしています。

キバは、ここでホシを見つけました。

夜明け方です。濃《こ》い霧《きり》の中から、ひょろりとホシが出てきたのです。

霧の中でホシに出会ったキバ

ホシは沼《ぬま》のほとりに来て、突然《とつぜん》立ち止まりました。

一三頭の犬がホシを見つめて、じっと立っていたからです。

ホシは、びくっとして身をひるがえし、霧《きり》の中に飛びこみました。

続いて、キバが躍《おど》りこみます。

すると、ほかの一二匹も、いっせいに飛びこみます。

すらりとしたホシは、身軽《みがる》にヒョイヒョイと飛んで逃《に》げます。ホシは、美しい雌犬《めすいぬ》でした。

追われながらホシは、キバが恐《こわ》い犬ではないような気がしてきたのでしょう。

ホシは、ふいに立ち止まって、身体を低くし、仲良しになってほしいというように尾を振《ふ》りました。

甘《あま》ったれた鼻声もたてます。

キバは、

「よしよし、逃《に》げなくてもいいいんだよ」

とでも言うように、近づいてホシの美しい首筋《くびすじ》を舐《な》めました。

キバとホシは、なかよしになりました。もちろん、一二匹もそれを認めました。
その日の午後遅《おそ》く、キバは、今度は赤耳と出会いました。
日が西に傾《かたむ》きかけていました。
赤耳は右手にクロ、そしてその後ろに四頭の子分をつれていました。
二つの野犬《やけん》の群れは、しばらくにらみ合っていました。
雲が黒く天を覆《おお》っています。
日が、陰《かげ》ります。
遠くでカミナリが鳴りました。
すると、のそりと赤耳が一歩踏《ふ》みだしました。
赤耳が動きだすと同時に、キバも動きだしました。
――逃げないんだな――
赤耳は、かっと怒《おこ》りました。ぐっと前に出ます。
キバも前に出ました。
ピカリ、と稲妻《いなずま》が走ります。カミナリが鳴ります。

と、キバと赤耳は同時に突進《とっしん》しました。

牙《きば》と牙がぶつかりあって火花を散らしました。そうです。本当に火花が散るように見えました。

赤耳は、キバの攻撃《こうげき》を受けてよろめきました。

両方の子分たちが、突然《とつぜん》、立ち上がります。

赤耳は素早《すばや》く立ち直り、身構えました。

ザーッと雨が来ました。

キバと赤耳は、ぶつかっては飛《と》び退《の》く、オオカミ流の戦《たたか》い方をしました。

二匹とも毛がべったりとぬれて、身体にへばりつきました。

血みどろです。

大雪山《だいせつざん》の王者決定戦なのです。

赤耳は、ついに力がつきはて、倒《たお》れてしまいました。

キバは、ハアハア言いながら、そばに立っています。

四分……五分……六分……倒れた赤耳は、ふたたび跳《は》ね起きて、キバに挑《いど》みます。

そして、また、倒《たお》れてしまいました。

雨はやみ、戦いも終わりました。

赤耳の群れは、這《は》うようにしてキバに従いました。

キバは、力いっぱい吠《ほ》えました。

勝ちどきの声です。

雲の切れ目から西日が差します。

沢から峰《みね》に、七色の美しい虹《にじ》がかかりました。

新しい王者をたたえているようです。

そして――大雪山《だいせつざん》に夏が去って秋が訪れました。

大雪山の峰《みね》から峰をキバの一族は駆《か》けめぐっています。

赤耳は、やはりキバのすぐ下の子分でした。

キバが赤耳を許し、副大将にしたのです。その次は、ドイツポインターの雑種犬《ざっしゅけん》「耳たれ」でした。

四番目が、キバの一番下の弟、クロでした。

赤耳を倒し、群れのリーダーになったキバ

群れは、二五、六頭になりました。

その年は、思いがけなく冬が早く来ました。

ヒグマたちは、穴ごもりの準備もまだできていません。だから大あわてで里に下りて、納屋《なや》の家畜《かちく》を荒《あ》らし回りました。

山の食べ物は、急に減《へ》りました。

クロは、デビルの時代から、家畜泥棒《かちくどろぼう》には慣《な》れていました。クロがしきりに泥棒をすすめます。

食べなくては死んでしまいます。

キバは早苗《さなえ》が住んでいる東川村《ひがしかわむら》の近くでは、泥棒《どろぼう》をはたらきたくありません。そこで、十勝岳《とかちだけ》のふもと一帯を襲《おそ》うことにしました。

人間と野犬《やけん》の戦《たたか》いがはじまりました。

人間は毒《どく》をまき、罠《わな》をかけ、鉄砲《てっぽう》を撃《う》ちまくりました。

キバの子分も、何頭か殺されました。

――この冬は、本当に人間と戦ってやろう――

キバは、だんだんと、そんなふうに考えてきました。

キバは、獲物《えもの》のあるところならば、もうどこでもようしゃなく襲《おそ》いました。

ある日の夕方、天人峡《てんにんきょう》にある天人峡温泉にしのび込みました。ここは、前にキバが鉄砲《てっぽう》で撃《う》たれたところです。キバは、あらたに怒《いか》りが込み上げてきました。

キバは、群れを少し離《はな》れたところに待たせておいて、一軒の温泉宿に入りました。

宿は大きく、旧館と新館との間に、渡《わた》り廊下《ろうか》が架《か》かっていました。

そして、そこを通ると中庭があって、ニワトリとウサギを飼っていました。

キバは、岩の陰《かげ》にうずくまって、じっと中をうかがいました。そのやり方は、デビルと同じです。

冬なので客はいません。

旅館の人々は、わずかな留守番《るすばん》を置いて町のほうに下っていました。

キバは、用心深く鼻をヒクヒクさせました。

うまそうな臭《にお》いがただよってきます。危険な臭いはありません。

キバの尾の先が、ユラユラと揺《ゆ》れました。

子分に対する攻撃命令《こうげきめいれい》なのです。キバが飛び出すと、全員があとに続くことになります。

子分たちは、半身を起こして、今か今かと待ちこがれています。

今日の相手は、小さい獲物《えもの》で、獲《と》るにしても楽です。

今までは、ヒツジやヤギやブタなどを狙《ねら》っていました。そんな時は、キバがまず子ヤギや子牛を噛《か》んで振《ふ》り回します。

そして、殺さないようにして牧場《ぼくじょう》の端《はし》に引《ひ》き摺《ず》ってゆくのでした。

獲物は、長いことギャーギャー鳴きます。

牧場の犬や人間たちが、その鳴き声を聞いて駆《か》けつけます。

と、そのすきに、がらんどうになった家畜《かちく》の小屋を、赤耳の一隊が襲《おそ》うのでした。

赤耳は、いつでも走り出せる用意をして前方を見ました。

その時、赤耳は、かすかな人の声を聞きました。

若い女の声でした。

するとキバは、まるで電気にでも触《ふ》れたように、ギョッとして立ち上がり、次の瞬《しゅん》

早苗の声に驚き、一目散に逃げだすキバ

間《かん》には、飛び上がって、一目散《いちもくさん》に逃げだしました。

——人間の声がなぜ恐《おそ》ろしいのだろう?——

キバらしくないとみんなは思いました。

しかし、キバの命令には、絶対服従《ぜったいふくじゅう》しなければなりません。みんなは、襲撃《しゅうげき》をあきらめて、王者に従って山に走りました。

キバが耳にした声は、早苗《さなえ》の声だったのです。

タキじゃないの！

春が来ると同時に、東川村《ひがしかわむら》にある天人峡温泉《てんにんきょうおんせん》に望瀑荘《ぼうばくそう》という旅館が開館することになりました。つぶれそうになった旅館を、日高牧場主《ひだかぼくじょうぬし》の日高養一郎《ひだかよういちろう》氏が買い取って、改築したという噂《うわさ》です。

旅館は、見違《みちが》えるほど美しくなりました。

早苗《さなえ》も美しい娘になりました。もう、女学生の頃のような子どもっぽさは消えています。

この朝は、素晴《すば》らしくよい天気でした。

早苗は、朝早くから晴れ着《はぎ》を着て、バスの到着《とうちゃく》を待っていました。

早苗にとっては、嬉《うれ》しい日なのです。

それは、開館のお祝《いわ》いで、三日間にわたって親しい人を養一郎が招待したからです。

今日はその三日目でした。

山下久子《やましたひさこ》や小室陽子《こむろようこ》、木田久美子《きだくみこ》、それに島野新太郎《しまのしんたろう》先生や小島竜子《こじまたつこ》先生が招かれていました。

カネトやヨシトもお祝《いわ》いに来ることになっていました。

やがて、バスが止まります。

客間に通されると、久しぶりの会合なので、話が次から次へと出てきます。

「そういえば、日高《ひだか》さんがこの川で拾《ひろ》ったあの子犬はどうしたかね」

と、島野先生がたずねました。

「ああ、タキですか……」

早苗は、ぷつんと言葉を切りました。淋《さび》しそうな顔です。

「先生、早苗ちゃんはあの犬を上川町《かみかわちょう》のアイヌ猟師《りょうし》、本間《ほんま》さんにあげたんですよ」

久子が早苗に代わって答えました。

「そうか、ヒグマの猟犬《りょうけん》にしたのか……。あいつは山の犬だから、ヒグマ狩《が》りにはもってこいだろうね」

なにも知らない島野先生が言います。

「で、そこで幸福に暮らしてるのね」

今度は、小島竜子《こじまたつこ》先生が問いました。

「それが……」

早苗《さなえ》は、あれからのキバの様子を詳しく話しました。そして、最後に行方不明になったことも話し、

「かわいそうなことをしました。あのまま、うちに置いてやればよかった」

と、言いました。

「しかし、いいさ。山の犬だから山に戻ったんだろう」

島野《しまの》先生は、あっさりと言います。

「そういえば、大雪山《だいせつざん》に野犬《やけん》が増えたんですってね」

小島先生が野犬のことにふれた時、

「ごめんください……」

と、ヨシトが訪ねてきました。

みんなは、ワーッと喜びました。

挨拶《あいさつ》が終わります。早苗は、また話を続けました。

「まだ、雪のある頃でした。この辺は、よくヤマイヌの群れに襲《おそ》われたんです。ただ、どうしたわけか、父の牧場だけは、一度も襲われたことがありません。ところで、この旅館を買うことに話が決まって、父や母と旅館を見に来た時なんです。一晩ここに泊《と》まりました。次の朝、起きてみたら宿の人たちが、ワアワア騒《さわ》いでいるんです。野犬が襲ってきたようなのですが、どうしたわけか逃げ帰ってるというんです。そして、一匹、とても大きな足跡《あしあと》が、中庭のところまで来て、引き返していたのです。今でも不思議《ふしぎ》だと、みんな言ってますわ」

早苗の説明を、みんなは黙《だま》って聞いていました。

しばらくして島野先生が言いました。

「そりゃきっと、罠《わな》でも仕掛《しか》けてあると思ったんじゃないかな」

「先生、ことに山から来る奴《やつ》は、そんな、生やさしいのじゃないんですよ」

ヨシトが口を出します。

「すると、どういうわけだ」

「それは分かりません。しかし、この前、うちのお父《とう》が、アマッポでヤマイヌの大将を獲《と》ったことがあります。雌《めす》でしたが、以前にサーカスが来た時にオオカミが逃げたという話でしたから、それじゃなかったかと思います。すると、あれからもう四年も経《た》っているのですから、きっとあの雌《めす》オオカミに子どもが生まれて、大きくなっているに違《ちが》いありません。山の犬というのは、それじゃないでしょうか」

と、ヨシトが熱心《ねっしん》にしゃべりました。

「そうかも知れん。そうだと、たいへんなことになる。せっかく北海道《ほっかいどう》からオオカミがいなくなったというのに……」

島野《しまの》先生が、つぶやくように言います。

その頃キバは、子分をつれて、十勝岳《とかちだけ》のほうへと移っていました。

キバは、ある日、人里に近いところで妙《みょう》なものを発見しました。

それは、死んでからいくらも経っていない子ヤギでした。それは、野犬《やけん》が殺したものではありません。

――怪《あや》しい――

キバは、まず、臭《にお》いを嗅《か》いでみました。

しかし、別に変な臭《にお》いもしません。だが、どうもおかしいと思うのです。

キバは、食べようかどうしようかと、迷っていました。お腹《なか》は空《す》いています。腹《はら》が、グウッと鳴ります。赤い肉を見ていると、つばが出てきます。

キバが食べないので、子分たちも黙《だま》って舌なめずりをしています。

もう我慢《がまん》がなりません。

キバは、ガブリとかぶりつきました。

赤耳も、耳たれもクロも、かじりつきます。

ホシだけは、舌なめずりして食べようとしません。

「どうして食べないんだね」

と言うように、キバがホシを振《ふ》り向いた時です。

キバは、グウッと唸《うな》りました。

胃が、ぎゅうと痛みだします。目がかすんで、足の力が、すうっとぬけていきました。

キバは、よろめきました。

「しまった！」

人間なら、こう叫《さけ》んだに違《ちが》いありません。

キバは、苦しまぎれに走り回りました。水が欲しくなります。水を飲めば、焼けるような胃の苦しみから救われるようでした。

水の音が、かすかに聞こえます。

キバは、水のほうへ行こうとします。と、口から血が出てきました。

キバは、力を振《ふ》り絞《しぼ》って草の葉を噛《か》みました。噛んではむしり、むしり取っては噛み、キバは夢中《むちゅう》になって草の葉を鵜呑《うの》みにしました。

それから、ガバッと胃の中のものを吐《は》き出しました。

苦しみが少し減ります。

キバは、全力を振《ふ》り絞《しぼ》って立ち上がりました。ヨロヨロします。すると、足もとの土が崩《くず》れ、キバはズルズルと谷のほうへ転《ころ》がり落ちていきました。

途中で、止めることもできません。

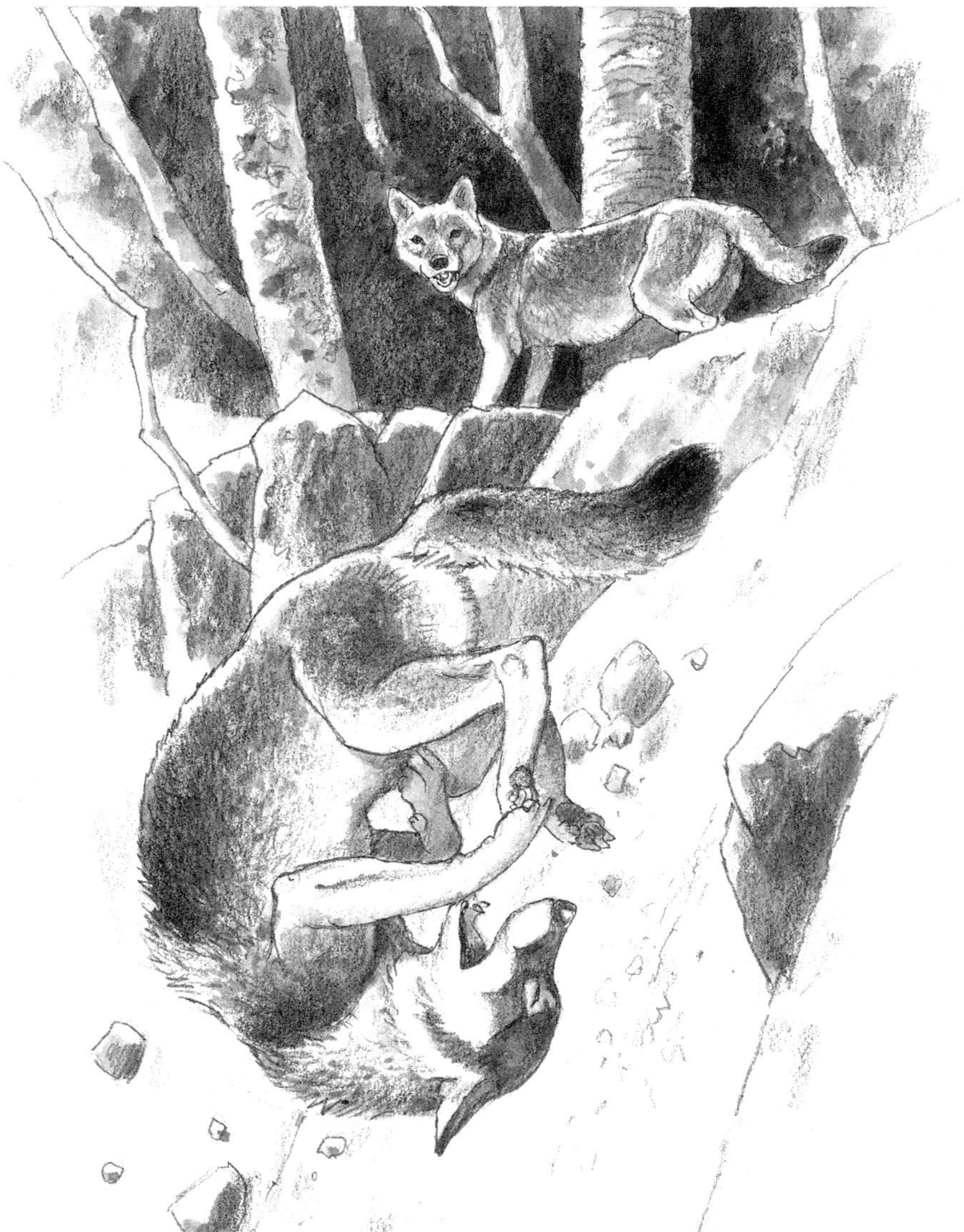

キバ、毒入りのヤギ肉を食べて……

キバは、谷底まで、毬《まり》のように転落していきました。石が、ゴロゴロと転《ころ》がります。

ホシが追ってきて、土や石に埋《う》まったキバを掘り出しました。

キバは、その谷底で、二日二晩を寝たままで過ごしました。

そして、ようやく命をとり止めたのです。

赤耳とクロも、キバのように胃の中の物を吐《は》き出したので、命は助かりました。

子分は、半数に減っています。

みんなは、力なくバラバラに別れてしまいました。

キバは、ホシをつれてホロカイシカリ川の上流をさまよいました。懐《なつ》かしいところだったからです。

そこで、住みごこちのよい洞穴《ほらあな》を見つけました。

洞穴の前には、美しいホロカイシカリ川の流れがあります。

その穴からは、周囲が一目で見わたせました。穴は、どうもキツネのすみかだったようです。まだ、キツネの臭《にお》いがします。

ホシは、この穴の中で、五匹の子を産みました。

雄《おす》が三匹で、雌《めす》が二匹です。

キバとホシは、そこで五匹の子を育てはじめました。

大きな犬が、ぬっと現れてキャンプ場を荒《あ》らしてゆく。その犬は、まったくオオカミにそっくりだ。見ただけでもぞっとする。追《お》っ払《ぱら》おうとすると、向かってくる。一匹で来ることもあれば、雌と子をつれてくることもある。子が一緒《いっしょ》の場合は、いっそう乱暴《らんぼう》だ……そんな噂《うわさ》が、大雪山《だいせつざん》に登山する人たちの間に広がりました。

もし、その悪魔犬《あくまいぬ》に出会ったら、何でもやって、構わないでいることが一番いい方法だと、注意されていました。

「ただ、変わっていることは、その犬は地面に落ちている物を食べないそうだ」

「自分が殺したものか、人間が口をつけたものしか食わんというから、毒団子《どくだんご》でも食って、苦しんだことのある奴かもしれん」

「そういえば、鉄砲《てっぽう》のことも知っとるらしい。肩《かた》から鉄砲をおろしたら、風のように逃《に》げたそうじゃ」

登山口の人々は、こう語り合っていました。

そして、その犬のことを「大雪《だいせつ》の悪魔犬《あくまいぬ》」と言い出しました。

キバは、もちろん自分が「大雪の悪魔犬」とは知りません。その日もキバは、人間たちの炊事《すいじ》の臭《にお》いを求めて歩いていました。

すると、シピナイ川《がわ》と石狩川《いしかりがわ》のぶつかったところにテントが見えます。そこからうまそうな臭《にお》いが流れてきました。

キバは、鼻をヒクヒクさせて近寄りました。

獣除《けものよ》けの火が、どんどん燃やされています。

キバは、のっそりと、焚火《たきび》の反対側から、音もなく近寄っていきました。

川の見下ろせる場所で、三人の娘たちが炊事《すいじ》をしていました。肉の臭いもします。

キバは、ゆうゆうと近寄り、大きな頭で、ふいに二人の娘を突《つ》き飛ばしました。

「キャーッ！」

娘たちは、転《ころ》びながら逃げていきます。

「どうした！」

反対の森の中から、鉈《なた》を持った男が走ってきました。

キバは、じろっと男を見ます。男は、鉈《なた》を持ったまま、真っ青になってしまいました。

相手が、怯《おび》えていることを知ると、キバは、それ以上、男にかかろうともせず板の上の罐詰《かんづめ》の肉を食べはじめました。

それからは、夢中《むちゅう》になって、テントを荒《あ》らしはじめます。

その時でした。突然《とつぜん》、

「タキ！　タキじゃないの？」

という女の声がしました。

早苗《さなえ》の声だったのです。

キバは、早苗に飛びつきました。クンクンと啼《な》き、耳を下げ、尾を激《はげ》しく振《ふ》って、頬《ほお》や腕《うで》を、目茶目茶《めちゃめちゃ》に舐《な》めました。

「タキ！　やっぱりおまえだったのねえ」

早苗は、しゃがみ込んで、キバの身体を撫《な》で、頭を両腕《りょううで》でギュッと抱《だ》きしめました。

早苗と再会したキバ

キバの毛は、すっかり切れ、バサバサに乾《かわ》いています。

「こんなになって……おまえ、苦労したのね。どうして牧場《ぼくじょう》に帰って来なかったの？」

早苗《さなえ》は、目に涙《なみだ》をいっぱい浮《う》かべて喋《しゃべ》り続けました。驚《おどろ》いて逃げていった久子《ひさこ》や陽《よう》子《こ》や久美子《くみこ》のことも忘れています。

島野《しまの》先生や川で洗いものをしている小島《こじま》先生のことも忘れてしまいました。

「タキ、おまえは、ほんとうに悪い子だよ。だって牧場に帰って来ないし、ヨシトさんのところにも戻《もど》らないんですもの」

早苗は、そう言い、

「ねえ、タキ、一緒《いっしょ》に山を下りましょう。今度は放さないわよ」

と立ち上がりました。

キバも立ち上がります。しかし、早苗と一緒に行こうとしません。

キバの後ろでは、お乳《ちち》がふくらんだホシが、じっとキバと早苗を見つめていました。

「そうだったの。赤ちゃんがいるから山から下りられないのね」

早苗はキバの気持ちが分かりました。

キバは、ホシのほうへ歩いていきます。早苗《さなえ》もキャンプに戻《もど》りました。

「日高《ひだか》さん、大丈夫《だいじょうぶ》だった？」

みんなは、口々にガヤガヤ言いながら早苗をとり囲みました。

「悪魔犬《あくまいぬ》だったのね、やっぱり」

「悪魔犬なんて……ひどいわ」

早苗は、今にも泣き出しそうになりました。

「あたし、片目のゴンかと思った」

「あれは、そんなに恐《おそ》ろしい犬じゃありません。優《やさ》しい犬です。タキだったんです」

「え？　タキ？」

そこで早苗は、たった今ここで起《お》こったことについて、詳《くわ》しく物語りました。

「タキは、わたしの言ったことを、きっと分かってくれたと思います。タキは、利口《りこう》なんですもの……」

早苗は、キバを信じていました。

間に合ってよかった

その後、三日間キバは、早苗たちのキャンプについて歩きましたが、もう、唸《うな》ることもしません。

ほかのキャンプへ行っても、キバは、今までとは、すっかり変わってしまいました。

早苗《さなえ》たちが山を下りて行く日、キバは、尾根《おね》の上からじっと見送っていました。

そして、早苗の姿が見えなくなると、空に鼻を向けて、長々と遠吠《とおぼ》えをしました。

キバは、その帰り道、ヤマウサギを一匹捕《つか》まえました。

キバは、それを殺さぬように、そっとくわえて穴に戻ってきました。

五匹の子犬たちは、生きているウサギに飛びかかり、大騒《おおさわ》ぎです。

キバは、しばらくその様子《ようす》を見ていました。

ホシの姿《すがた》が見えません。子犬たちの食べものを探しに、どこかへ行ったのでしょうか。

夜になり、空には、いちめん星が出ました。

夜風がひやりとします。

子犬たちは、かたまりあって眠りました。しかし、ホシは戻《もど》って来ません。キバは不安になりました。

キバは立ち上がり、一番新しい足跡《あしあと》を追いはじめました。

遠くから、怒りと、悲しみのホシの声が聞こえてきます。

キバは、すべるように走り出しました。

ホシは、トラバサミにかかっていたのです。ホシがどんなにもがいても、離《はな》れるようなトラバサミではありません。

キバは、用心《ようじん》をしながら近づきました。

そして、トラバサミにつけられた鎖《くさり》にかじりつきました。さすがのキバでも歯がたちません。

夜は、そろそろ明けようとしています。

キバは、あせりました。人間が来てはおしまいです。キバは、トラバサミと、ホシ

トラバサミにかかったホシ

の足首のさかい目に牙《きば》を立てました。

突然《とつぜん》、ガシャーンと音がしました。

別のトラバサミが、キバの足にかかったのです。

痛《いた》みが、ずうんと身体中に走りました。


キバとホシは、ゴツゴツした丸太づくりの、二つの檻《おり》に入れられました。

町役場の裏に運ばれます。

噂《うわさ》を聞いた町の人々は「大雪山《だいせつざん》の悪魔犬《あくまいぬ》」を見るために、おおぜい押しかけて来ました。

「こいつがキャンプ荒《あ》らしのヤマイヌか」

「なるほど、凄《すご》い顔をしとるのう」

「おらとこのヤギを盗《ぬす》んだのもこいつじゃ、きっと……」

みんなは、ワイワイとはやしたてました。

石をぶつけたり、棒《ぼう》を押し込んで突《つ》つこうとする者もいます。

キバもホシも、足にひどい傷《きず》を受けていました。

キバは、白い牙をむいて唸《うな》りました。暴《あば》れると、丸太の檻がギシギシと鳴ります。

「檻がこわれたら、たいへんじゃ。あんまり怒《おこ》らせるな」

と、一人の老人が注意します。

見物人は、あとからあとから増えてきます。

あいかわらず石が投げられます。

「みなさん、止《や》めて下さい。この犬はわたしの犬です。間違えられて捕《つか》まったんだ」

ヨシトが叫《さけ》びました。

「どうしておまえの犬だと言える？　おまえの親父のカネトが捕まえたんじゃないか」

見物人がわめきました。

「いいえ、約束したんです。町長さんや助役《じょやく》さんや、警察の署長《しょちょう》さんも知っています。キャンプ場を荒《あ》らす悪魔犬は、必ず生け捕《ど》ってみせますが、もしそれが前にわたしが飼っていたタキという犬なら、わたしたちに任《まか》せてくれるとおっしゃったんです」

「その犬がそうか」

「そうです。これがタキです。タキは、利口《りこう》な犬です。わたしたちが仕掛《しか》けた罠《わな》だから、知っていてひっ掛《かか》ったんです」

「ほんとうにそうなら、檻《おり》の中に手を入れてみろ。おまえの犬なら、咬《か》みつかないだろう」

「ええ、入れますとも」

ヨシトは、檻に近づくと、

「タキ、大丈夫《だいじょうぶ》だよ。きっと助けてやるからな」

と、言いながら、手を檻の中に入れました。

キバは、やはり咬みつきません。

騒《さわ》ぎは一時、静まりました。

ところが夕方、ヤマイヌをどうするかということになると、人々は、

「殺してしまえ！」

と、口々に叫《さけ》んだのです。

「町長さん、あの約束はうそだったんですか?」

ヨシトは町長につめ寄りました。

「うそじゃないが……、町の人もああ言うことだし……」

町長は、苦しそうに答えました。

「そいじゃあ、町のみなさんが納得したらいいんですか?」

ヨシトは、そこに集まった人々に、キバがどんなに忠実な犬かを説明しました。

「なるほど、そんな犬か」

「それだからと言って、放して、また山で暴《あば》れるようだと困るな」

みんなは、ぶつぶつ言います。

「みなさん、いい考えがあるんです。それは、この犬が育てられた場所、一番かわいがってくれたお嬢《じょう》さんのところに戻《もど》すのがいいと思います。このタキを、まともなよい犬にかえすことができるのは、日高牧場《ひだかぼくじょう》の早苗《さなえ》さん以外にはありません。早苗さんのところに、子犬も一緒《いっしょ》に預《あず》けたら、もうタキは山の犬なんかにならないでしょう」

と、ヨシトが言いました。

「しかし、子犬のいる場所をどうして分かるかね」

助役《じょやく》がたずねます。

「それは、なんでもありません。早苗《さなえ》さんに来てもらって、一緒《いっしょ》に山に登れば、きっと子犬のところに行くはずです」

「わたしもついて行きますし、みなさんのなかから、ついてこられてもかまいません」

「そんなら、そうしてみようか」

町長は、立ち上がって、集まっている人々に聞きました。

しばらくして、

「いいべなあ……」

と、一人が言うと、

「町長さんが、大丈夫《だいじょうぶ》だとおっしゃるなら……」

とみんなが、しぶしぶ納得《なっとく》しました。

「しかし、絶対に大丈夫だという保証がないと警察としては困りますなあ。放すのはいつでもできるんですから、一度、中学の生物の先生にでも山の犬の性質をうかがってからにしたらどうですか」

警察署長《けいさつしょちょう》が言いました。

そこで、中学校の生物の先生が呼ばれました。

中学校の先生は、キバを見て、種類だとか性質について詳《くわ》しく説明しました。

そして、

「野性の生活に入ったこの種の犬は、なかなか人間の生活にはなじみませんね。稚内《わっかない》で幼児を喰《く》い殺した野犬《やけん》も、こういった奴《やつ》でしたからね」

と言います。

「うん、そうだろう。やっぱり殺すべきだ」

町会議員《ちょうかいぎいん》は、にやりと笑って言いました。

「いえ、それは違います。タキは、そんな犬ではありません」

ヨシトは、夢中《むちゅう》になって言いましたが、その言葉も、途中《とちゅう》で止められてしまいます。

「山形県《やまがたけん》でも、ばあさんが喰い殺されたという話がある。今に、みんなの子どももひどい目にあうぞ」

町会議員は、急に勢いづきました。

人々は、不安になって、ガヤガヤと騒《さわ》ぎたてます。

「どうだな。この犬のことは、わしに任《まか》してくれんかな」

町長が、ゆっくりと言いました。

「いいべ。殺したほうがいいようだな」

老人が言います。みんなも、そうだとうなずきました。

「お父《とう》、なんとか言ってくれ」

ヨシトは、カネトに激しく言いました。

「だがな、わしらは上川町《かみかわちょう》の人間だ。上川町の人間はやはり町の掟《おきて》に従わなくっちゃあならない。あきらめるんだな」

カネトが、寂しそうに言います。

「あきらめられねえよ。お父《とう》、そりゃひどすぎる」

「町の人の意見には、町長さんだって従わなきゃならないんだ……」

カネトがそう言うと、ヨシトは目に涙《なみだ》をいっぱい浮《う》かべました。

キバとホシは死刑《しけい》と決定しました。明日の朝、川原で死刑にされることになったのです。

夜が来ました。

二つの檻《おり》は、町役場の裏の広場に置きっ放しにされています。

月もなく星もありません。風が、ヒューヒューと吹《ふ》いています。

キバとホシは、石のようにじっとしています。

キバの耳が、ピクリと動きました。誰かが近づいてくるのです。足音が聞こえます。

それは、ヨシトの足音でした。ヨシトは、檻に近づき、低い声で、

「タキ！　許してくれよな。今助けてやるから待ってろよ」

と呼びかけます。

人間を信じなくなったキバは、そう言われても黙《だま》っています。

ヨシトは、腰から釘抜《くぎぬ》きと、針金切《はりがねぎ》りを抜《ぬ》き、檻を破りはじめました。

ヨシトは夢中《むちゅう》でした。

と、誰かが、ふいにヨシトの肩《かた》をつかみます。はっとして振《ふ》りむくと、父のカネト

が立っていました。

「こんなことだと思った。なぜ、おまえは父の言うことが分からんのだ」

言葉は厳《きび》しかったが、顔は怒《おこ》っていません。

「だって、お父《とう》。これじゃタキがあんまりかわいそうだ」

「馬鹿《ばか》を言うでない」

カネトは、涙《なみだ》をためて言うヨシトを、しばらく眺《なが》めていました。

キバは、妻や子どものために死のうと思っている……、カネトはそう説明しました。

キバの気持ちを考えて、せめて、雌犬《めすいぬ》だけは助けてやってもいいと言うのでした。

朝になって、町の人たちは、檻《おり》の一つが破られて、雌犬だけ逃《に》げたことを知りました。

「とにかく悪魔犬《あくまいぬ》のほうでなくてよかった」

と、助役《じょやく》が言うと、

「早く殺したほうがいい」

と、警察署長《けいさつしょちょう》がせきたてます。

「見せしめだ。川原に運びだして、焼き殺したらいい」

誰かが言うと、それが一番いいということになりました。

川原には、乾《かわ》いた木が高く積まれました。

ヨシトはいません。ヨシトは、キバの子どもを捜《さが》して、テツと山に入ったのです。

火が木につけられました。黒い煙《けむり》が立ち、木がパチパチとはじけます。

その時でした。

「何をするんだ！」

と、火のついた薪《まき》を蹴《け》とばした者がいます。

「なんだ、じいさん」

「やかましい」

老人は、真っ赤になって激怒《げきど》しました。カネトです。

「せがれのヨシトが言ったように、この犬は、もとは、わしらの犬だった。町長さんとも約束したが、その約束も町の人のために捨《す》ててもいいと思っていた。殺すのなら、りっぱに殺してもらいたいんだ。それを焼き殺すなんて、あんまりひどいじゃないか」

カネトの頬《ほお》に、涙《なみだ》がはらはらと伝わりました。

すると、中学校の生物の先生が近寄ってきて、

「カネト老人の言うとおりです。残酷《ざんこく》な殺し方はいけません」

と、強く言いました。

みんなは、黙《だま》ってしまいました。

「じゃあ、どう殺せというんだ」

「ひと思いに、わしが矢で死なせる」

「そうか。カネトは弓の名人だし、あの毒矢《どくや》なら大丈夫《だいじょうぶ》だ」

町長が納得《なっとく》しました。

死刑《しけい》は、カネトの手で行われることになりました。

キバの檻《おり》が下に下ろされ、人々は円陣《えんじん》をつくりました。カネトは弓に矢をつがえ、檻に進みよりました。

キバは、最後の時が来たことを知りました。

澄《す》んだ瞳《ひとみ》でカネトを見ます。

雲が太陽を覆《おお》い、周囲が暗くなりました。

その時、後ろのほうで、キイッーと自動車の停《と》まる音がしました。

白服の鼻ひげの男が、みんなを掻《か》き分《わ》けてきます。

「ああ、よかった。間に合った」

そう言って男は、町長のところに進み、

「その死刑を止めてください」

と言いました。

男は、東京《とうきょう》の興行師《こうぎょうし》だと言います。旭川《あさひかわ》で「大雪山《だいせつざん》の悪魔犬《あくまいぬ》」のことを聞き、ハイヤーを飛ばして来たと言いました。

「これを売ってほしいんです。みなさんの損害《そんがい》は、わたしが弁償《べんしょう》します。この犬は東《とう》京《きょう》につれていきますから、二度とみなさんにご迷惑《めいわく》をおかけしません。約束します」

男は、真剣《しんけん》に頼《たの》みました。

流れる雲

いつしか一年が過ぎました。

この年は、北海道《ほっかいどう》としてはめずらしく暖かでした。

「なんだか、変だな」

「火山でも、爆発《ばくはつ》するんじゃねえのか。雨の多い年だな。作物も、こう雨ばかりじゃ、さっぱり駄目《だめ》だ」

農夫たちは、なげいています。

十数年前に、この地方を襲《おそ》った大飢饉《だいききん》を思い出しているのです。その時は草や木の芽を食い、ネズミや虫まで食べたのです。

「とにかく、旭岳《あさひだけ》にも黒岳《くろだけ》にも、まだ雪が来とらんのじゃから……」

集落の人々は、ビクビクしていました。

山の作物も駄目でした。

ヒグマが慌《あわ》てだしました。冬眠《とうみん》のために、今のうちに、食べ物を食べておかなければなりません。

片目のゴンが、一軒の農家を全滅させました。

ゴンを捕《と》らえるために、東川村《ひがしかわむら》、上川町《かみかわちょう》、美瑛町《びえいちょう》、富良野町《ふらのちょう》の代表者たちが集まりました。巻《ま》き狩《が》り隊がつくられ、カネトもその隊に入りました。

カネトは、寂しい思いをしていました。

ヨシトが、あれから、山へ入ることをすっかり嫌《きら》ってしまったからです。

「もう、動物を殺すのは嫌《いや》だ。牧場《ぼくじょう》で働きたい」

と、猟《りょう》をする気もありません。

カネトは、テツと村田銃《むらたじゅう》一つだけが頼《たよ》りです。

カネトは、ヨシトに置き手紙をし、テツをつれてみんなとは別の山に入りました。

三日目の日暮れ時、片目のゴンは勢子《せこ》（狩りを手伝う人）たちが通り過ぎたあとに、のそりと現れました。

ゴンは、人間たちの裏をかいて、猟師《りょうし》たちのいなくなった集落を襲《おそ》おうと考えたのでした。しかし、そこにはカネトの村田銃《むらたじゅう》とテツの牙《きば》が待ち受けていました。

もう日が暮れていました。

エゾマツの密林《みつりん》のところで、テツがゴンとばったり出会いました。テツは、ものすごい唸《うな》り声を上げました。

そして、火のつくように吠《ほ》えます。

二匹の獣《けもの》のからみあう音を聞いて、カネトは村田銃を肩《かた》からはずし、ダッと駆《か》けだしました。

テツは、カネトが駆《か》けつけて来るまで、ゴンをひき止めようとしているのです。

テツはゴンの周りを飛び回っているうちに、運悪く、古いトラバサミに引っかかってしまいました。

こうなってはおしまいです。

カネトは、遠くでギャンというテツの声を聞きました。

駆《か》けつけてみると、ゴンの一撃《いちげき》とトラバサミにやられたテツが、無残《むざん》な姿《すがた》で死んでいました。

片目のゴンと戦うテツ

カネトは、震《ふる》える手でトラバサミをはずしました。

「だ、誰がこんなものを……」

怒《いか》りの涙《なみだ》が頬《ほお》を伝わります。

素人《しろうと》の猟師《りょうし》が、でたらめに仕掛《しか》けたトラバサミに違《ちが》いありません。

「テツ！　必ず仇《かたき》を討《う》ってやるぞ。待っていてくれ」

カネトは、村田銃《むらたじゅう》を拾うと、一人で暗い密林《みつりん》の中へ入っていきました。

巻《ま》き狩《が》り隊の人々は、犬とヒグマの唸《うな》り声を聞いて顔色をかえました。

片目のゴンに違いない、と誰もが思いました。

そのうち、ずっと離《はな》れた密林の中で、銃声《じゅうせい》を聞きました。

「カネトじいさんだ」

「じゃあ、仕留《しと》めたろう」

みんなは、手に松明《たいまつ》をかざしながら、こわごわと歩き出しました。

「テツが死んでいる」

「おーい。カネトじいさーん」

「戻って来いようー」

「明日、追《お》うべー」

　みんなは声を合わせて呼びました、
しかし、返事がありません。

　カネトは、この夜を境《さかい》として、みんなの前に戻ってきませんでした。

　このことは、日高牧場《ひだかぼくじょう》で働いているヨシトに、すぐ知らされました。

　ヨシトは森の中を何日も捜《さが》しましたが、カネトの姿《すがた》を見ることはできませんでした。

　カネトが、大雪山《だいせつざん》の密林に消えて、一か月も経《た》たないうちに、ここらあたりは、一面の雪で閉ざされました。

　ヨシトは父の置き手紙を、何度《なんど》も読みました。

　本間家《ほんまけ》を立派《りっぱ》に継《つ》ぐこと。

　ゴンのために死ぬかもしれないが、その仇討《かたきう》ちでなく、人々のためにゴンを討《う》ってほしいこと。

　タキを捜《さが》してゴンを射留《いと》めること。

そんなことが、細かく書かれてありました。

ヨシトは決心しました。

「みなさまにお願いして、一人前の牧夫《ぼくふ》にしていただこうと考えていましたが、こうなった以上は、父の遺志《いし》を継《つ》いで、立派《りっぱ》な上川《かみかわ》アイヌの猟師《りょうし》になろうと思《おも》います」

ヨシトは養一郎《よういちろう》に言いました。

養一郎も、うなずきます。

「お嬢《じょう》さん、ゴンはタキがいないと討《う》てません。わたしは、これから本州《ほんしゅう》に渡《わた》ってタキの行方《ゆくえ》を捜《さが》します。そして、必ずつれて戻ります。ですから、タキはお嬢さんの犬ですが、ゴンをやっつけるまで、もう一度だけわたしに貸してください」

ヨシトは、早苗《さなえ》に頼《たの》みました。


ヨシトがキバを捜《さが》して北海道《ほっかいどう》を出てから、冬が来て去り、春が来ました。

日高牧場《ひだかぼくじょう》のヤマザクラの花が咲《さ》き、それも散りました。

早苗は、暖《あたた》かい草原に、ハンカチを敷《し》いて座《すわ》りました。もう二四歳にもなっています。すっかり望瀑荘《ぼうばくそう》の女主人になりきっていて、着物姿《きものすがた》もぴったりしていました。

そばにはコリー種の雌犬《めすいぬ》ジュリーが、ながながと寝そべっています。ポックは死んでいません。

しかし、ジュリーとポックの間に生まれた、三匹の若い犬がいます。

「タキがいたらねえ」

早苗は牧草の一本を抜き取ると、草笛を作ってピーと鳴らしました。

早苗は、二年前の大雪山《だいせつざん》キャンプ旅行を思い出しました。

山下久子《やましたひさこ》もお嫁《よめ》に行きました。木田久美子《きだくみこ》もお嫁《よめ》に行っています。今残っているのは小室陽子《こむろようこ》と早苗だけでした。

その早苗にも、お嫁入《よめい》りの話がもち上がっています。相手は札幌《さっぽろ》の大学の助教授《じょきょうじゅ》で、ヨーロッパ留学《りゅうがく》から帰った立派《りっぱ》な人でした。

父の養一郎も、だいぶ身体が弱っています。

いつかは、この旅館を自分がやらなければ、と早苗は思っています。

それと、タキのことが気がかりでした。

望瀑荘《ぼうばくそう》の女主人になった早苗とジュリーたち

早苗《さなえ》は、二日ほど前に届いたヨシトからの手紙を取り出しました。

お嬢《じょう》さま
　すっかりごぶさたしてすみません。わたしは、あれからすぐに青森《あおもり》に渡《わた》りました。青森でタキのことをいろいろと聞きましたが、分かりません。

　連絡船《れんらくせん》の船員が、タキらしい犬を覚えていました。東京《とうきょう》の世田谷《せたがや》に送られたらしいのです。

　東京では、ずいぶん苦労をしました。そして、やっとその興行師《こうぎょうし》をつかまえましたが、その時は、タキは矢田《やだ》という小さな巡回動物園《じゅんかいどうぶつえん》に売られたあとでした。

　今度は、矢田巡回動物園を探して歩きました。

　それも、ようやく岡山《おかやま》で見つけましたが、タキはおりませんでした。

　九州《きゅうしゅう》の小倉《こくら》に渡《わた》った時に、小さな見世物師《みせものし》に叩《たた》き売ったということでした。わたしは、これからその見世物師を追っかけます。

ヨシトから、こんな手紙が来たのです。

早苗《さなえ》は、その手紙をひざに置くと、

「わたしも一緒《いっしょ》に捜《さが》したい。お父さんさえ病身《びょうしん》でなかったら……」

と、ため息をつきました。

ヨシトが九州《きゅうしゅう》に渡《わた》っていった頃、キバは、小さな見世物師《みせものし》につれられて、まだ雪の残っている信州《しんしゅう》を流れ歩いていました。

キバにとって、この一年半という年月は、まったく屈辱《くつじょく》の連続でした。

「さあさあ、これが有名な北海道大雪山《ほっかいどうだいせつざん》の悪魔犬《あくまいぬ》だよ。オオカミとカラフト犬の合いの子だ。一度は人間の手で飼われたが、とうとう本性《ほんしょう》をあらわし、飼い主の大事なお嬢《じょう》さんを咬《か》んだのだ。それから山に入ってシカを喰《く》い、ヒグマと戦《たたか》い、山犬の王様となった。オオカミだよ。それをアイヌの名猟師本間《めいりょうしほんま》カネトというじいさんが生捕《いけど》った。犬ではないよ。一目《ひとめ》見たら、ゾッとすること請合《うけあ》いだ」

こんな調子の呼《よ》び込《こ》みで、キバは宣伝《せんでん》されていたのです。

人間たちは、おもしろがって群がります。キバにとっては我慢《がまん》のならないことでした。運動不足で、でぶでぶに肥《こ》え太り、それから急に年をとったようになり、身体も衰《おとろ》えはじめていました。

キバを死刑《しけい》から救ってくれた興行師《こうぎょうし》は、キバを労《いた》わりました。上川町《かみかわちょう》の駅からキバを汽車に積んだ興行師は、心配しました。もしここで死なれたら大損《おおぞん》になると思ったのです。

「なあ、タキ公《こう》。おまえはタキと言うんだってなあ。タキ公《こう》、友だちになろうな。わしはおまえに恨《うら》みがあるわけじゃない。憎《にく》んでもいないんだよ。タキ公《こう》、食べてくれ。な、それでないと、おまえ身体が弱っちまうぞ」

汽車がゴトゴトと走っている間、興行師は犬箱《いぬばこ》のそばにしゃがんで、ブツブツとしゃべり続けました。

だがキバは、知らん顔をしていました。

旭川《あさひかわ》でキバの箱は、別の汽車に積み替えられました。

暗い、嫌《いや》な臭《にお》いの貨車《かしゃ》です。

キバは、どうにでもなれ、とふてくされて、ゴロリと横になりました。

興行師《こうぎょうし》は、その横に新聞紙を敷《し》いてつきそいました。

キバは、カネトに捕《と》らえられてから、四日も飲まず食わずでした。

「よしよし、函館《はこだて》に着いたら、生肉をやるからな」

興行師は、函館に着いてから、約束どおり生肉をやりましたが、キバはそれも食べませんでした。

興行師は、考えたあげく、青森《あおもり》に着いてから、生きたミミズクを見つけてきました。

夜になって、ミミズクをキバの檻《おり》に入れてやりました。ミミズクは、爪《つめ》と口ばしをふるってキバの顔や耳を傷つけました。

キバは、黙《だま》っているはずがありません。それに腹《はら》も空《す》いていた時です。

キバはミミズクの血をすすり、肉を鵜呑《うの》みにしてしまいました。

「やっと食べた。タキ公《こう》、仲良《なかよ》くしような」

興行師は、ほっと安心しました。

この興行師といつまでも暮らすことができたら、キバも少しは幸福だったでしょうが、そううまくはいかず、反対にいじわるな運命が次々にキバを待っていたのです。

東京《とうきょう》に着いてから、興行師は、酔《よ》っ払《ぱら》って自動車に跳《は》ねられてしまいました。

キバは他《ほか》の動物《どうぶつ》たちと一《ひと》からげにされて、矢田《やだ》という小さな巡回動物園《じゅんかいどうぶつえん》に売り飛ばされてしまいました。

小さな巡回動物園は、小さな都市や町や村を回りました。

人気のあるのは、ライオンやトラでした。

「大雪山《だいせつざん》の悪魔犬《あくまいぬ》」という看板は、いつしか「ヨーローパオオカミ」にぬり替《か》えられていました。

見物人は、

「なんだ、オオカミか」

と、鼻で笑いました。

ライオンやトラやピューマには、肉がどっさり与《あた》えられましたが、キバには一日に一回、それはほんのちょっぴり牛かブタの臓物《ぞうもつ》が与《あた》えられるだけでした。

田舎《いなか》に行くと、臓物どころか、腐《くさ》った残飯《ざんぱん》がいく日も続きました。

九州《きゅうしゅう》に渡《わた》った時、金に困った主人は、動物たちを売ることになりました。

「これがヨーロッパオオカミだって？」

買いに来た興行師《こうぎょうし》は、キバを見ると鼻先でせせら笑いました。

「こいつあシェパードじゃないか」

「いいえ、旦那《だんな》。ほんとうにオオカミなんで……」

「冗談《じょうだん》言っちゃいけねえ。この俺が、何年この仕事をやってると思うんだい」

「へえ」

「こいつぁ犬だよ。こんなものは買えねえよ」

興行師は、そう言いながらも、心の中では買ってもいいと思っていたのです。なんとか、ケチをつけて、安く手に入れようと考えていたのです。

「えっへっへ。しょうがありません」

矢田《やだ》の親父が頭をかきました。興行師は内心しめたと思いながらも、

「犬などご免《めん》だよ」

と、不機嫌《ふきげん》に言いました。

「ところが旦那。あれは、ただの犬じゃありません」

「知ってるよ。大雪山《だいせつざん》の悪魔犬《あくまいぬ》だろう。犬は犬だよ」

興行師は、タバコをポイと捨《す》てました。

「じゃあ、しかたありません。この犬は、ほかに売りましょう」

そう言われると、興行師は慌《あわ》てましたが、今さら買うとも言えません。その話はそれっきりになってしまいました。

次にキバの前に現れたのは、辰造《たつぞう》という土地のイカサマ師でした。腕《うで》に刺青《いれずみ》のある奴《やつ》です。ふだんは、博打《ばくち》などをして、ブラブラしている男です。大酒飲みで、くせが悪いので、土地の嫌《きら》われ者でした。

その辰造が、酒の臭《にお》いをプンプンさせて、キバの檻《おり》の前に立つと、

「やい、おいぼれ！　このオオカミ、俺が買ったぞ」

とどなり、じろっとにらみました。

みじめな戦《たたか》い

ここは九州《きゅうしゅう》の八幡市《やはたし》（現在の北九州市）です。

市民は、あと二日に迫《せま》った日曜日を、首を長くして待っていました。

土佐犬《とさいぬ》の闘犬《とうけん》大会が催《もよお》されるからです。

この大会では、ジャイアンツという、飛び抜《ぬ》けて大きい土佐犬が人気を呼んでいました。

ジャイアンツの話をしていると、

「やいやい、何て言いよるとかの……まだ一匹凄《すご》かとの控《ひか》えとるばい」

という、酔っ払いの声がしました。

一同《いちどう》がはっとして振《ふ》り向くと、辰造《たつぞう》が肌脱《はだぬ》ぎになって目を据《す》えていました。

「おまえの犬は、何と言うとかん？」

相場師《そうばし》が立ち上がって咎《とが》めました。

「なにい」

辰造は、ヒョロヒョロして入ってきました。

「辰《たつ》さん、駄目《だめ》ばい。おまえさんは、申《もう》し込《こ》みもしないし、会員でもないとじゃからな……」

係りの人は、恐《おそ》る恐《おそ》る止めました。

「やかましい。こいつは北海道《ほっかいどう》の、何とか山のオオカミたい」

「オオカミ?」

「そうばい。オオカミばい。オオカミじゃあ、戦えんちゅうとか?」

「土佐犬じゃなかとに……」

相場師と辰造は、とうとう口争《くちあらそ》いになりました。

そして、これはおもしろい、という者も出てきて、番外余興《ばんがいよきょう》としてやらせることになりました。

辰造は、賭《か》けると言います。

次の日の新聞には、

「猛犬対《もうけんたい》オオカミの対戦」

と、大々的に書き立てられました。

いよいよ、日曜日になりました。

会場に集められた犬たちは、朝から気が立っていました。

市民たちも、興奮《こうふん》してゾロゾロと詰《つ》めかけます。

「どうやろか？　今日の予想《よそう》は？」

土地の新聞記者が、役員の一人にたずねました。

「そりゃあ、なんと言っても天竜《てんりゅう》やね。ええ犬やからなあ」

「大阪《おおさか》の阪竜《はんりゅう》も名犬だちゅうね」

「そりゃそうや。天竜《てんりゅう》と阪竜《はんりゅう》はあんた、一つ腹から生まれた兄弟犬やからね。何から何までそっくりよ。だから、その日のコンディションで、少しでも調子《ちょうし》ええほうが勝つよ」

「ところで、番外余興《ばんがいよきょう》のジャイアンツとオオカミとの戦《たたか》いは？」

「あれは、ちょいと分からんな。死ぬまで戦うような、もの凄《すご》い試合になるかもしれんよ」

場内は、闘犬《とうけん》よりも、この戦いの話でもちきりでした。

土俵《どひょう》の四本柱には、幕《まく》が張りめぐらされました。

闘犬が行われます。しかし、客はふつうの闘犬よりも、ジャイアンツとキバの戦いを見たくてたまりません。

「早くしろ！」

客がせきたてます。

いよいよ、キバの順番がやって来ました。

ジャイアンツは、犬箱《いぬばこ》の中から、闘志《とうし》に燃える鋭《するど》い瞳《ひとみ》をじっと注《そそ》いで待っていました。

闘犬士《とうけんし》は、ジャイアンツの首に手拭《てぬぐ》いを巻《ま》いて、焦《あせ》る犬を引きしめていました。

手拭いを犬の首から放した時が、戦いの開始なのです。

犬箱は、後ろ向きに土俵口《どひょうくち》にあてられ、引き蓋《ぶた》が開けられました。さっきまでワーッとどよめいていた場内が、急にシーンと静まります。

だが、キバは箱から飛び出そうとしません。

恐《こわ》いのではありません。戦《たたか》いたくなかったのです。

「ほれ、どうしたい。ほれ、うし……」

係りの若者たちは犬箱《いぬばこ》をどんどん叩《たた》きました。

それでもキバは土俵内《どひょうない》に出ようとしません。

「辰《たつ》さん、おまえの犬あ、どぎゃんしたとね」

相場師《そうばし》は辰造《たつぞう》をじろっと見ました。

「ようし、見てやがれ」

辰造は、そう叫《さけ》ぶと同時に土俵に飛び降りて、立《た》て札《ふだ》に手をかけました。その、すさまじい勢《いきお》いに、誰も咎《とが》めることができません。

辰造は、立《た》て札《ふだ》をユサユサとゆり動かし、すっと引き抜《ぬ》くと、札《ふだ》のところを土俵の台木に叩《たた》きつけました。

板が、パンと割れて飛び散りました。

辰造は、札《ふだ》のなくなった棒《ぼう》を取り直すと、柵《さく》の間から突っ込《こ》んで、キバの肩口《かたぐち》をいやというほど突《つ》きました。

「出ろ！　野郎、出んと……」

辰造は、狂気《きょうき》のようになって、棒《ぼう》をこじ上げました。

キバは、嫌々《いやいや》ながらのっそりと土俵に出ました。

戦う気持ちもないようです。

狭《せま》いところから出て、キバは思いきりのび、をしたくなりました。その時、手拭《てぬぐ》いを放されたジャイアンツが、風を巻《ま》いて飛びかかってきたのです。

ふつうの犬なら、耳か鼻か、前足の急所をがぶりとやられるところです。

キバは、さっと身体をかわしました。

「あっ」

みんなは、驚《おどろ》きの声を上げました。

ジャイアンツは、力があまってキバの犬箱に上半身を突《つ》っ込《こ》んでしまいました。ジャイアンツは慌《あわ》てました。

そして、がなりながら、もう一度キバに突進《とっしん》していきました。

キバは、また、ひょいと身をかわします。

ジャイアンツは、柵《さく》に頭をゴツンとぶつけます。

「しっかりせんねえ。ジャイちゃん」

誰かが言うと、場内がどっと笑いくずれました。

「静かにしてください。声援《せいえん》はいけないことになっています……」

場内アナウンスが注意をしました。

ジャイアンツは、キバが逃《に》げ回っていると思い、だんだんと図《ず》に乗ってきました。

キバは、この柵《さく》の中から逃げきれないと知ると、ようやく戦《たたか》う気持ちになりました。

図に乗ったジャイアンツが突進《とっしん》してきた時、キバは身をひねりながら、マムシのような素早《すばや》さで、ジャイアンツの顎《あご》を二つ咬《か》みました。

ジャイアンツの傷口から、サアッと血潮《ちしお》が吹《ふ》き出します。

こんなふうにしてキバは、パッと飛びかかっては、敵《てき》に傷《きず》を与《あた》え、さっと逃げてはまた飛びかかります。

ジャイアンツの上半身は、血で真っ赤に染まりました。

「さすがにオオカミたい。身が軽うて早かばい」

「どやろか、この勝負《しょうぶ》！　オオカミのほうが強いようやけど」

新聞記者が、小声で役員に聞きました。

「まだ分からんよ。ジャイアンツは寝業《ねわざ》が得意だから」

役員が答えます。

「見ていてごらん。今にジャイアンツがあのオオカミのどこかを咬《か》んだら、ごろんと寝《ね》るから……」

役員は、そうつけくわえました。

二〇分が過ぎました。

そのうち、ジャイアンツの牙《きば》がキバの肩口《かたぐち》をかっと捕《とら》えました。捕えたと思うと、ジャイアンツは、グーンと音をたてて自分からひっくり返りました。

キバは、土俵《どひょう》の上に、ドシンと倒《たお》されてしまいました。

起きあがって四つ足を踏《ふ》ん張《ば》り、後ろに下がろうとします。しかし、ジャイアンツは全身の力を込めて、ズルズルと引きずりました。

「ほらつかんだ。勝負《しょうぶ》はこれからだ」

役員は、にやりとしました。

「よかばい。ジャイ、これからうんとやっつけてやれ！」

相場師《そうばし》が怒鳴《どな》ります。

「やい、オオカミ、しっかりしろ。それ、振《ふ》り放すんだ。負けたら、承知しねえぞ。ぶち殺してくれる」

辰造《たつぞう》が叫《さけ》んだ時、キバは、ゴロリとふたたび転《ころ》がされました。四〇キロ近いジャイアンツが、ぐっとのしかかってきます。

キバは、どうしようもありません。

ジャイアンツは、全身の力を肩《かた》にのせて、キバを押しつけます。

キバにとって不幸なことに、ちょうどそこは、柵《さく》のところになっていて、身動きがとれません。

ジャイアンツは、キバを柵に押しつけておいて、じりじりと咬《か》みかえていったので、どうすることもできません。

土佐犬《とさいぬ》のジャイアンツと戦《たたか》うキバ

ジャイアンツの牙《きば》が、ついにキバの咽喉首《のどくび》に来ました。

咬《か》まれた傷《きず》の痛みより、息が苦しくなります。

キバは、ヒューヒューと音をたてて、荒《あら》い呼吸をしました。肋骨《ろっこつ》が、大きく波うっています。

目は血走っていました。

「ほれっ！　野郎！　しっかりしろ！」

辰造《たつぞう》が柵《さく》の外で荒《あ》れていました。

キバにはその声も聞こえません。

突《つ》っぱった四本の足が、細かく震《ふる》えてきました。

ヒューヒューと笛のような息が聞こえます。

「勝負はあった。放っておくと死にますよ」

役員が言いました。

たえられぬ屈辱《くつじょく》

さすがにオオカミは猛獣《もうじゅう》だ。凄《すご》いもんだ。とても犬は敵《かな》わない……そんな評判が、北九州《きたきゅうしゅう》にひろがりました。

その話をヨシトは八幡市《やはたし》で聞きました。

「ジャイアンツにやられとったがのう」

旅館の主人がヨシトにいつかの話をしています。

「咽喉《のど》を喰《く》われて、眼が白うなっとったけど、よくジャイアンツを跳《は》ね退《の》けましたなあ。誰か女の人が、キイちゃんとか照《てる》ちゃんとか叫《さけ》んだ時、オオカミが、パッと跳《は》ね起きたんよ」

「キイちゃんですって？」

「どうだったかなあ。なんでも、おっ母さんが子どもを呼んだらしいんだ」

「もしかしたら、タキちゃんと呼びませんでしたか？　それでなかったらサナエちゃんと?」

「うん、あるいは、そう呼んだかもしれん。とにかく、シーンとしたなかで、そんな女の声がしたと思うたら、あんた、それまでのびかけていたオオカミが、力一杯《ちからいっぱい》ジャイアンツを跳《は》ね退《の》けたんよ。どこにあんな力があったかと思うくらいやったね。それから、もう、無茶苦茶《むちゃくちゃ》に咬《か》んだね。気持ちがいいくらいやった。その博多《はかた》の相場師《そうばし》がね、負けたジャイアンツをステッキでぶん殴《なぐ》ったよ。みんなの見とる前でねえ。あんなのは困りもんや。で、相場師は、今度はそのオオカミが欲しゅうなって、ぜひ売ってくれと辰《たつ》に言ったけんど……」

「それで?」

「辰は売らんやった。冗談《じょうだん》やないちゅうて。このオオカミは、俺さまの宝だ。これからうんと稼《かせ》いでもらうんや言うてからに……」

旅館の主人は、詳《くわ》しく説明しました。

ヨシトは早速《さっそく》、手紙を書きました。

日高《ひだか》のお嬢《じょう》さま
もう夏でございますね。旦那《だんな》さまのご病気は、その後いかがでございますか。
わたしはこの前、手紙を差し上げましたあと、すぐに九州《きゅうしゅう》に渡《わた》りました。そして今日、ようやくタキのことを八幡市《やはたし》の旅館の主人から聞きました。
早苗《さなえ》に書いたのです。詳《くわ》しく詳しく書きました。

きっとあの時、女の人の叫《さけ》んだ声が、お嬢さまに似ていたか、あるいは、お嬢さまと同じ名が呼ばれたので、タキが起き上がったのだと思います。

お嬢さまを慕《した》うタキの心根《こころね》を考えますと、かわいそうでなりません。

タキはやはりお嬢さまだけの犬です。

わたしどもは、片目のゴンをやっつけたいばかりにタキを求めましたが、今日、宿の主人の話を聞いて、はっきり決心がつきました。

早くタキを見つけて、お嬢さまのもとにお届《とど》けします。

タキは、聞くところによると、辰造《たつぞう》というやくざ者に連れられて、九州《きゅうしゅう》の田舎《いなか》を巡回《じゅんかい》しているらしいのです。

辰造のことですから、けんか犬と戦《たたか》わせて、賭《か》けをやるのでしょう。

わたしは、きっと近いうちにタキを見つけることができると思うのです。

ヨシトは、早苗《さなえ》の待っていることや、タキの苦しみを思うと、じっとしていられない気持ちです。

その頃、辰造に連れられてキバは九州《きゅうしゅう》をあてどなく歩いていました。

辰造は、まったくでたらめで、酒と博奕《ばくち》で一日を暮らしていました。機嫌《きげん》がいいと肉をあげるが、気にくわないと水もやりませんでした。

キバは、もうこの頃では人に慣れていました。人間の世界で強く生き抜くためにそうなったのです。

辰造は、行く先々で、キバを土地の闘犬《とうけん》と戦わせました。

オオカミと言うと嫌《いや》がられるので、辰造はキバをシェパードの混血闘犬《こんけつとうけん》だと触《ふ》れ回ります。

「なんの。シェパードなんかひと咬《か》みだ」

と、相手が笑うと、

「旦那《だんな》、じゃあ賭《か》けましょう」

と、辰造が注文をつけました。

福岡《ふくおか》から佐賀《さが》、長崎《ながさき》、それから戻《もど》って熊本《くまもと》、鹿児島《かごしま》、宮崎《みやざき》まで来た時には、相手《あいて》になろうという犬がいなくなりました。

「どうだい辰《たつ》つぁん。犬じゃあ、もうお前のシェパードに敵《かな》う奴《やつ》はおらんけん、いっちょ牛とやらしてみんかい？　コッテ牛とな……」

宮崎県のある町に来た時、材木屋の主人が、冷やかすように言いました。

コッテ牛というのは、九州《きゅうしゅう》の山地で材木の運び出しに使われる猛牛《もうぎゅう》でした。

「どうだね辰つぁん。コッテ牛とやらかすかね。やるなら、人を一人を殺し、二人の牛飼いに重症《じゅうしょう》を負わせた凄《すご》いのがいる。いつでも連れて来るぜ」

「うーん」

辰造《たつぞう》は唸《うな》りました。考えてみると、もう犬とではボロ儲《もう》けもできないので、

「よかろう」

と、乗り気になりました。

「その代わり、条件があるよ」

「なんだね」

「木戸銭《きどせん》（入場料）とって見せるんよ。それを半分ほしい」

「うん。それもいいが、土俵《どひょう》と人集めは、わしのほうでやろう。その代わりだ。もし、おまえの犬が負けたら、木戸銭も犬もみんなわしのもの。それだけじゃなくって、一年間、わしの山でおまえは働くんだ」

「じゃ、おれが勝ったら？　旦那《だんな》」

「木戸銭全部と、わしの賭《か》け金をやるよ」

「おもしろか、よかろう」

戦《たたか》いは山祭りの日に決められました。

その日が来ると、キバはトラックに乗せられ、山の闘牛場《とうぎゅうじょう》に運ばれました。

見物人たちは、わっと沸き立ちました。

「来たぞー。けんか犬だあ」

「危なか、危なかぞっ！　おめら、どいてろ！」

辰造はトラックの上から大声で怒鳴《どな》りました。

キバの犬箱《いぬばこ》が降ろされました。

周りは山です。山を見るとキバは、にわかに元気が出てきました。

キバに、ほんとうの闘志《とうし》が湧《わ》いてきます。

闘牛場といっても、柵《さく》があるわけではありません。草むらと土と石の混《ま》じり合った原っぱです。

コッテ牛が前足で大地を荒々《あらあら》しくかいて、突進《とっしん》して来ました。

キバは、姿勢《しせい》を低くして身構えました。

コッテ牛は、突進したものの、相手が犬だと分かると、気が抜《ぬ》けたように止まってしまいました。

これでは戦いになりません。牛飼いたちは、赤い布をふり回して、

「ほれっ、うしっ、うしっ、それっ！」

と、コッテ牛をけしかけました。

するとコッテ牛は、荒々《あらあら》しく鼻息《はないき》をはき、前足でパッパッと土を蹴《け》り上げました。

コッテ牛の飼い主が近づくと、コッテ牛はその男を角《つの》でひっかけ、ピューンと空中に飛ばしてしまいました。

「危ねえ！」

バラバラと駆《か》け寄った牛飼いも、二、三人飛ばされました。

群衆《ぐんしゅう》が、どっと崩《くず》れます。

コッテ牛は血迷《ちまよ》って人間に突《つ》っかかっていったのでした。

人間たちは逃《に》げ回りました。コッテ牛は興奮《こうふん》しきって暴《あば》れます。もう目の前にあるものは、なんでも敵《てき》です。

コッテ牛は、ついにキバに向かって突《つ》き進もうとしています。そして、その一歩を踏《ふ》みだした時でした。

突然《とつぜん》、銃声《じゅうせい》が響《ひび》きました。

コッテ牛は、ぐらりと揺《ゆ》れ、そのまま、突《つ》っ込むような姿勢《しせい》で倒《たお》れてしまいました。

丘《おか》の上から鉄砲《てっぽう》を撃《う》った青年が下りてきます。

人々は、ほっとして青年の周囲に集まってきました。キバを見て、

「いい犬だな」

と言います。

辰造《たつぞう》は、なんと返事をしてよいのか分かりませんでした。

「眼がいいな」

「気に入ったやろ」

辰造は、やっと口を開きました。

「気に入った。いい犬だ。闘犬《とうけん》なんかにするような犬じゃない」

「ところが、闘犬にだって凄《すご》いんだ」

「どうだい。この犬をくれないかい」

「いくらで？」

「おれは金はない」

「阿呆《あほ》ったれ」

「この犬は、おまえに愛情を見せとらん」

「そんなこたあ、なかばい」

青年は、あきらめたように、二、三歩、歩きました。するとキバは、山男の青年の臭《にお》いを嗅《か》ぎ、ついてこようとします。

「畜生《ちくしょう》！　行く気か！」

辰造《たつぞう》は、キバの尾をつかもうとしました。

次の瞬間《しゅんかん》、辰造は大地に転《ころ》げ、肩《かた》と腕《うで》から血を吹《ふ》いていました。

「ほう、たいした早業《はやわざ》だ」

青年は、そう呟《つぶや》くと、肩《かた》からそろそろと鉄砲《てっぽう》を下ろしました。

村田銃《むらたじゅう》です。

青年は、じっとキバを見ました。

キバも、青年の眼から自分の眼を離《はな》しません。

青年が銃口《じゅうこう》を、静かにキバに向けました。

コッテ牛を撃った青年と向かいあうキバ

それでもキバは、耳をピクリと動かしただけでした。

青年は、まじめな顔をして、鉄砲《てっぽう》に弾《たま》を込めます。

その、カチリという微《かす》かな音がした時、キバは、さっと身をひるがえして犬箱《いぬばこ》の中に入りました。

青年は、にこりと笑いました。

めぐり合い

お嬢《じょう》さま

ごぶさたして、申《もう》し訳《わけ》ありません。わたしは九州《きゅうしゅう》の山の中まで参《まい》りました。

そして今日、うれしい人に会いましたので、とりあえずお手紙を書きます。

その人は、宮崎《みやざき》の山の奥で、材木の切り出しをしている青年でした。

年は、わたしよりも二つか、三つ上だろうと思います。

佐々木茂《ささきしげる》という人でしたが、この人がタキのことを知っていました。

「いつだったかなあ。もう半月くらい前だったよ。牛の角突《つのつ》きがあった時な、辰《たつ》とかいうならず者が、お前さんの捜《さが》している犬をつれて来てな」

と、茂くんがその時の様子《ようす》を話してくれました。

「いい犬だと思った。鉄砲《てっぽう》のことをよく知ってるので、山にいたことのある犬だとは思ったが……」

と、わたしに話しました。

「おまえさんの犬だと知ってりゃあ、辰《たつ》から取り上げて、わしが預《あず》かっとくんだった」

それから、こうも言ったのです。

「辰が咬《か》みつかれて、その犬を棒で突《つ》こうとした時、わしは止めました。どうしてもやるんなら、もう一度引っぱり出すといってね。そしたら、嫌々《いやいや》ながら棒を捨《す》てたよ」

お嬢《じょう》さま。明日は、その茂《しげる》くんが、わたしを辰造《たつぞう》のいるところまで案内してくれると申しております。

今夜は茂くんの小屋に泊《と》めてもらいます。いい友人になれそうです。星がとても明るくて、大雪山《だいせつざん》を思い出しています。

ヨシトの手紙でした。コッテ牛が暴《あば》れたことも詳《くわ》しく知らせました。

お嬢さま
まことに残念なことを致《いた》しました。泣いても泣き切れないくやしさでございます。

本日は、まだ夜も明けないうちに、茂くんと一緒《いっしょ》に山を下りました。

辰は、タキが恐《こわ》くなったので、材木屋の主人に売り飛ばしたということでした。

今度こそタキに会えると思っておりました。

二人で材木屋の主人に会いましたが、この人は、ほんとうに犬が好きな人ではなく、強い犬を自慢《じまん》で飼っている人なのです。

タキの評判を聞いて、背の低い興行師《こうぎょうし》というのがタキを買いに来たそうです。

「わしは昔、東京《とうきょう》でサーカスというのにいてね。レッド・デビルというオオカミを扱《あつか》っていたことがありましてな。その時、ネロというライオンとの格闘《かくとう》ショーをやらしていたが、ずいぶん人気があったっけ……」

そう言ったそうです。

そういえば、上川町《かみかわちょう》にもそんなショーをするサーカスが来たような気がします。

「この犬は、オオカミみたいだ。レッド・デビルにとっても似てるよ。どうだろう。この犬は、あんたが扱《あつか》うには、無理だと思うが……わしに売ってくんないかね」

そう言ったそうです。

そして、材木屋の主人が辰造《たつぞう》に支払《しはら》った金の、三倍もの値《ね》になったそうです。

背の低い興行師《こうぎょうし》は、

「ライオンは今いないから、ヒグマとか、オオカミとかとやらせるよ」

と言って、タキをつれていったそうです。

二〇日ほど前らしいのです。茂《しげる》くんは、

「きみが片目のゴンを討《う》つ時、僕《ぼく》も呼んでくれよ。何とかして行きたいなあ」

と、わたしの肩《かた》を叩《たた》きました。

お嬢《じょう》さま

もうすっかり夏でございますね。大雪山《だいせつざん》の、涼《すず》しい夏が思い出されます。大旦《おおだん》那《な》さまは、その後いかがですか。

わたしは、今東京《とうきょう》に参《まい》っております。今度こそは必ずタキと会います。

タキが、ある映画会社に買われて、大島《おおしま》に渡《わた》ったことが分かりました。

わたしは、今この手紙を大島行きの船の出る竹芝桟橋《たけしばさんばし》の待合室で書いています。

船会社の偉《えら》い方にお話しして、タキがどこにも送られないようにお願いしました。桟橋の所長さんは、いい方で、またたいへん動物好きな方でしたので、よく分かってくれました。

「いい犬だ。そんな犬は、絶対にもとの飼い主のところに返さなくちゃ」

と、力になって下さって、大島の支所の方にも連絡して下さるそうです。

背の低い興行師は信州《しんしゅう》で月輪《つきのわ》グマを手に入れたのです。これとタキを戦《たたか》わせようと思っているらしいのです。

この月輪グマも、かわいそうな動物でした。まだ目のあかないうちに山から持って来られたそうです。そして、デパートに、宣伝《せんでん》のために買い取られました。黒助《くろすけ》と名づけられて、その町の子どもにかわいがられていたようです。三歳になってから、黒助《くろすけ》も大きくなったので、デパートの持ち主は黒助を殺してクマなべ会をやろうと言い出したそうです。

デパートの宣伝のためです。

こんなかわいそうなことってあるでしょうか。

ところが、この町の小学生たちが、お小遣《こづか》いを持ち寄って、黒助の檻《おり》を作ってやろうと計画を立てたようです。

それが学校にも、新聞社にも聞こえ、

「黒助を殺すな！　黒助を救え！」

ということになったそうです。

黒助のクマなべ会は、とうとう、取り止めになりました。

その時、背の低い興行師《こうぎょうし》が、そのクマを買い取りたいと申し出たのです。

デパートでは、さっさと売ってしまいました。

背の低い興行師は、黒助とタキの、格闘《かくとう》ショーを計画しましたが、東京《とうきょう》でも横浜《よこはま》でも、許《ゆる》してくれなかったそうです。

あまりに残酷《ざんこく》だからです。

ちょうどその時、ヤマイヌの出てくる映画を作るので、映画会社がタキを買ってしまったと言うことです。

タキは、きっと前よりもたくましい立派《りっぱ》な犬になっているでしょう。

キバを買った人は、ある小さな映画プロダクションの角田《つのだ》というプロデューサーでした。

『オオカミとヤマイヌ』という映画を作るのです。

主役であるシュパードの代わりを捜《さが》していたのです。物語の最後のところで、主役が猟師《りょうし》に殺されます。つまり、キバが、ほんとうに殺されなければならないのです。

場所は大島《おおしま》でした。

腕《うで》ききの猟師が募集《ぼしゅう》されました。

キバのほかにも殺される野犬《やけん》が集められました。絶壁《ぜっぺき》の周りには金網《かなあみ》が張られました。逃《に》げられないようにしたのです。

撮影《さつえい》がはじめられます。

五匹の、哀《あわ》れな犬たちが、鎖《くさり》から放されました。ロケ隊が追います。キバはまだ出てきません。

猟師《りょうし》三名が、追いながら猟銃《りょうじゅう》を撃《う》ちました。

犬たちは、もんどりうって転《ころ》がります。

監督《かんとく》は、うまくいったと、ほくほくでした。

あとは最後の場面で、キバを撃《う》てばよいのです。その日は、五匹の犬が殺されるところまでの撮影でした。

台風が近づいていました。

「あと二日だ」

監督が、ロケ隊に説明していると、面会人がやって来ました。

「わたしは岩波《いわなみ》と申しますが……」

面会人は大島《おおしま》自然動物園の園長でした。

「野犬《やけん》が殺される場面があるそうで……」

「そうです」

監督が答えました。

「もう、撮《と》られたのですか？」

「一部はね」

「じつは、お願いがあるのですが……害を与えない犬ですし、殺さないですむ方法はありませんか」

「しかし、大島には野犬が多くて困っていると聞きますが……この映画は、その野犬の害を世の中に訴《うった》えるために作られるのです。集めた犬も、みんな野犬なのです」

「殺すにしても、酷《ひど》い殺し方はどうかと思います。なんとか、殺さない方法はありませんか」

「殺さないと迫力《はくりょく》が出ませんよ」

園長と監督は、しばらく議論をしていました。そして最後に、

「よろしい。岩波《いわなみ》さん。殺さないですむ方法を考えましょう。どうせ、台風のあとでないと撮《と》れません。あと二、三日、ゆっくり考えてみましょう」

と監督《かんとく》が言いました。

　園長が安心して出ていくと、

「明日あたり、早いとこ、撮《と》っちまうさ」

と、監督が角田《つのだ》に言いました。

「あとで分かったら？」

「犬は逃《に》げたと言えばいいさ」

監督は、平気な顔で言います。

次の日は、風もかなり激しくなってきました。海も荒《あ》れてきています。

「早いとこやっちゃおうぜ」

監督が、みんなを激励《げきれい》して歩きます。

五人の猟師《りょうし》たちは、鉄砲《てっぽう》に鉛玉《なまりだま》を込《こ》めました。監督の合図《あいず》を待っています。

撮影《さつえい》開始です。

五人の猟師が、草むらの中を、ジリジリと這《は》っていきます。

キバの檻《おり》の戸が開けられます。

檻を出てキバは、

――これはいけない！　危ない！――

と思いました。
二、三人の男が、キバを棒《ぼう》で追います。絶壁《ぜっぺき》に追い詰《つ》めるのです。
キバを知らない男たちが近づいた時です。

キバは、稲妻《いなずま》のように身をひるがえしました。

「わあっ！」

という悲鳴《ひめい》が上がりました。

棒を持った男たちに飛びかかっていったのです。

カメラが落ちて倒《たお》れ、人山《ひとやま》がどっと崩《くず》れました。キバはそのすきに、金網《かなあみ》の張られていない坂道を、弾丸《だんがん》のように走りました。ダンダン……と鉄砲の音がしますが、もう、こうなっては当たりません。

と、下から、息急《いきせ》き切って上ってくる二人の男がいました。動物園の園長とヨシトでした。

撮影現場《さつえいげんば》から脱出するキバ

野性の呼び声

八月も、もうあと二、三日で終ろうとしていました。

夏休みも終わり、小学校がはじまっています。

北海道《ほっかいどう》では冬休みが長く、夏休みが短いのです。

今朝も子どもたちは、元気に歌をうたいながら、あの柵《さく》の向こうの道を歩いていきました。

早苗《さなえ》は、日高牧場《ひだかぼくじょう》の一番高い丘《おか》の上に座《すわ》っていました。

山から吹き下ろしてくる風は、もう、ひやりとします。

早苗の顔は嬉《うれ》しそうです。それもそのはずです。早苗のそばにはタキが寝そべっているではありませんか。

「ねえ、タキ。大島《おおしま》でヨシトさんに会った時、どんなにか嬉《うれ》しかったでしょうね」

早苗は、キバの大きな頭を撫《な》でて、キバに話しかけました。

「それはもう、お嬢《じょう》さん……函館《はこだて》の港でお嬢さんに会った時の喜びようったら……あの時はもうまるで狂《くる》ったかのようでしたからね」

少し離《はな》れて、ヨシトが腰《こし》を下ろしていました。

キバを見つけてきたヨシトは、前のように早苗《さなえ》の父の牧場で働きはじめていました。

『タキ　ミツカッタ　アスノフネデ　タツ』

という、ヨシトからの電報《でんぽう》が届《とど》いた時、早苗は天人峡温泉《てんにんきょうおんせん》の望瀑荘《ぼうばくそう》にいました。

夏なので旅館は忙《いそが》しかったのです。

母から電話で知らせがありました。

「タキが……早苗ちゃん、タキが見つかったのよ」

「えっ、タキが……」

早苗は、胸がいっぱいになって、しばらく声も出ませんでした。

早苗は、それ以上声も出ません。

「早苗ちゃん、あなたは泣いているのね。嬉《うれ》しいでしょう。よかったわね」

母も泣いているようでした。

さっそくヨシトに電報を打ちました。

『バンザイ　バンザイ　ミンナヨロコビ　サナエナク』

父の養一郎《よういちろう》が、文を考えました。

しかし、じっとしていられなかった父は、とうとう電話をかけたほどでした。

ヨシトから電報が来て、早苗は函館まで迎えに行きました。

早苗を見るとキバは、犬箱《いぬばこ》を壊《こわ》すのではないかと思われるほど、

「ウオオン、ウオオン」

と啼《な》いて、箱を引っかきました。

キバが日高牧場《ひだかぼくじょう》に帰ってきた日は、大変な騒《さわ》ぎでした。

あちこちから町の人がキバを見ようと集まってきます。

キバは、さんざん苦しい目にあったためか、見た目にも、すっかり荒々《あらあら》しくなっています。

「ふーん。さすがに大雪山《だいせつざん》の悪魔犬《あくまいぬ》と言われただけある」

と、人々は遠くからキバを見て言いました。

しかし、二、三日経《た》つとキバの顔は変わってきました。早苗《さなえ》のそばに帰って、犬としての優《やさ》しさが戻《もど》ってきたのでしょう。

早苗はタキを望瀑荘《ぼうばくそう》へ連れていきました。

登山客が、旭岳《あさひだけ》へと登っていきます。それを見ていると、早苗も登ってみたくなりました。

「タキ。わたしたちも登ってみましょう」

早苗はスラックスにはき替《か》えました。

旅館から一キロほど登ると、滝見台《たきみだい》がありました。

早苗は両手を上げて、胸いっぱいにおいしい空気を吸いました。

原生林《げんせいりん》が見えます。大雪山《だいせつざん》が見えます。すばらしい眺《なが》めです。

「タキ、懐《なつ》かしいでしょう」

タキはしきりに尾を振《ふ》っています。

「ねえ、タキ。あの滝のところへ行ってみましょうか」

早苗は、そう言って走り出しました。キバも走ります。

「羽衣の滝」の前で

早苗《さなえ》とキバは、滝壷《たきつぼ》やキツネ岩や川岸などをさんざん歩き回りました。あまり幸福なので、かえって不安になるくらいです。またタキと別れるのでは？と、そんなことさえ思うのです。

その夜、一匹の野獣《やじゅう》が山から下りてきて、早苗とキバが歩いたあたりをしきりと臭《にお》いを嗅《か》いで回りました。

獣《けもの》はキバによく似ていました。

だが、身体のほっそりした奴《やつ》でした。そして忠別川《ちゅうべつがわ》の川辺に来ると、岩の頭をピョンピョンと跳んで、向こう岸に渡《わた》りました。

獣は、まもなくキツネ岩の頂上に姿を現しました。

そして顔を上げ、甲高《かんだか》い声で吠《ほ》えました。それがすむと、何かを待っているように、じっと耳を傾《かたむ》けました。

獣は、キバと一緒《いっしょ》にいたホシなのです。

ホシの声は、キバに聞こえました。

キバも、吠えます。

「タキが遠吠《とおぼ》えしている」

早苗は、どうしたんだろうと、枕《まくら》から頭を上げました。

久しぶりに山に帰ってきたから、嬉《うれ》しくなって吠えているのだろうと思いました。

その時、細い心に染《し》み透《とお》るような声が、川の向こうの絶壁《ぜっぺき》あたりから聞こえてきました。

早苗は、はっとして布団《ふとん》の上に起き上がりました。

「タキを呼んでいる……」

そう思うと、早苗は不安になって窓を開きました。すると、タキが庭のなかに飛び込んできました。

「タキ！　いたのね」

早苗は、もうタキが川を渡ってどこかへ行ってしまったと思ったのです。

キバは、激《はげ》しく尾を振《ふ》っています。

「タキ、あれ、タキのお友だちなの？　それともお嫁《よめ》さん？　会いたいの？」

そう言っても、キバは尾を振っているばかりでした。それっきり、川の向こうの声が途絶《とだ》えました。

翌日《よくじつ》も、その次の日も声がしませんでした。

キバは、早苗《さなえ》と一緒《いっしょ》でないと散歩に行きません。

散歩に出るとキバは、滝《たき》のあたりや、木の根の切り株に、長いこと鼻を押し当てて臭《にお》いを嗅《か》いでいました。

夢中《むちゅう》になって、臭いを調べています。

昔の、懐《なつ》かしい臭いを嗅いでいるのかもしれません。

夜になると、庭先に眠《ねむ》っていたキバが、耳をピクリと動かし、じっと耳を傾《かたむ》けているような時があります。

なにも知らない仲居《なかい》さんたちは、

「寝呆《ねぼ》けたんだろう」

などと言って笑いました。

早苗には分かりました。

山のほうから、妻や子どもや、仲間が呼んでいるに違《ちが》いないと思いました。

「タキは、山の犬のままでいいんです。けれども、もうわたしから放《はな》したくない」

早苗は、いつもそう思っています。

「タキのほうでも、もう早苗から離《はな》れないよ」

養一郎《よういちろう》は、そう言って笑いました。

「でも、山だから、昔の悪い仲間でも呼びに来たら？」

幾代《いくよ》が心配すると、

「タキは、人間のヤクザとは違《ちが》うさ。早苗がいる限り絶対に山に帰らんよ」

と、養一郎は、自信をもって、言いました。

「奥さま、わたしもそう思いますよ」

見送りに出たヨシトも言います。

早苗は、にこにこしながら黙《だま》ってキバを撫《な》でていました。早苗もキバを信じているのです。

温泉宿に戻《もど》ってからも、放して置きました。

キバは、見違《みちが》えるほど素直《すなお》になりました。キバを鉄砲《てっぽう》で撃《う》った猟師《りょうし》も、はずかしそうにしています。

北海道《ほっかいどう》の秋は美しいと誰もが言います。

空は真っ青で、アカトンボがスイスイと飛んでいます。

しかし、夏の終わりから秋へかけてのこの季節は台風が来ます。台風が来ても、本《ほん》州《しゅう》ほどの被害《ひがい》はありません。

夏の終わりから秋にかけて、二度ほど台風襲来《しゅうらい》の知らせがありました。

「今度のは、大きいそうじゃ」

「だんだん強くなって、北海道に真っ直ぐ来るちゅうぞ」

と、天人峡温泉《てんにんきょうおんせん》の人々は話し合っていました。

一度目の台風も、二度目の台風も、忠別川《ちゅうべつがわ》の水が増え、雨と小枝《こえだ》がガラス窓《まど》に叩《たた》きつけられる程度のものでした。

「あの学生さんたち、どうなさったかしらね」

早苗《さなえ》は、玄関《げんかん》に座《すわ》っているキバに話しかけました。

ヤッホー、ヤッホーと手を上げ、元気に登っていった北大生《ほくだいせい》（北海道大学の学生）

のことが心配なのです。

「大丈夫《だいじょうぶ》ですよ。お嬢《じょう》さん。学生さんたちは、今ごろはどっかの山小屋で、避難《ひなん》していますよ。山になれた人たちですから、心配ありませんよ」

番頭《ばんとう》の五郎《ごろう》が言いました。

「そうね。もう三日ぐらい経《た》っているから、きっと層雲峡《そううんきょう》のほうに下りてるわね。どんなにゆっくり山歩きしたとしても、黒岳《くろだけ》の石室《いしむろ》（避難小屋《ひなんごや》）があるんだし……」

と、早苗は独《ひと》り言《ごと》を言いました。

翌日は、昨日の荒《あ》れもようも忘れたように、すがすがしい秋の日になりました。

早苗は、竹箒《たけぼうき》をもって庭に出ました。

キバがついてきます。

「お嬢さん。ガラス戸が一枚割れただけでした」

番頭の五郎が声をかけました。

その時、キバが、フンフンと臭《にお》いを嗅《か》ぎながら、庭続きの林のほうへ走っていきました。

「タキ、どうしたの？　ウサギでも出てきたの？」

早苗《さなえ》は、キバの後を追いました。

竹垣《たけがき》の外の湿《しめ》った土の上に、梅ばち型の足跡《あしあと》がついています。

「やっぱり来てたんだわ」

早苗は、ビクッとして息を吸いました。

そういえば、夜中にタキがヒューンヒューンと啼《な》いていました。

早苗はキバをじっと見ました。

――山にいる妻や子どもに、どんなにか会いたいだろう――

早苗は、山へも帰らず、じっと自分のそばにいてくれるキバが、かわいそうになりました。

「わたしは、自分のことだけ考えていたんだわ」

そう思うと、タキにすまないような気がしました。

「タキ、許《ゆる》してね。こんど山からみんなが来たら会ってらっしゃい。あなたは山の犬よ。だから早苗は、あなたの自由を、もう縛《しば》りつけようとしない。山に、ひとりで行ってもいいのよ。でも、ちゃんと帰ってきてね。お友だちや、子どもを連れてきたっていいわ」

早苗は、タキの頭を撫《な》でながら言いました。

早苗が玄関《げんかん》に回ると、駐在所《ちゅうざいしょ》の松尾巡査《まつおじゅんさ》と使用人がガヤガヤと話していました。

「へえ、そいつあ、かわいそうなことをしましたねえ。とても元気に行かれたのにねえ」

「もう、山を下りたんだとばかり思っていた。でも、また暴《あば》れだすのかなあ。なんとかならんもんですかねえ」

「それが、どうもあいつだけはなあ」

と、松尾巡査が、元気のない声で言いました。

「どうしたんですか？」

早苗は、背後《はいご》から声をかけました。

「お嬢《じょう》さん。ほんとうに残念なことをしました。この間の学生さんね、片目のゴンに襲《おそ》われたそうです。黒岳《くろだけ》から層雲峡《そううんきょう》への途中で……」

番頭《ばんとう》の五郎《ごろう》が説明しました。

「まあっ!」

「それがね。二人が即死《そくし》。あとの一人は、崖《がけ》から落ちて重症《じゅうしょう》でね。今、上川町《かみかわちょう》から連絡がありましてな。当分、登山禁止ですよ」

松尾巡査《まつおじゅんさ》が説明します。

きっと、山の実りが悪いのだと早苗《さなえ》は思いました。

キバが来て、早苗の手を舐《な》めます。

「タキ、あなたも聞いたの? 片目のゴンがこの間の学生さんたちを傷《きず》つけたんですって。だから、ひとりで山奥に行っちゃだめよ」

早苗は、人間の子どもにいうように言って聞かせました。

その夜も、ホシとその仲間が望瀑荘《ぼうばくそう》の裏山《うらやま》に来ました。

山からの遠吠《とおぼ》えを聞くと、早苗は急いで窓を開けました。するとキバは、やはり窓の下にいて耳をすましていました。

「タキ。いいわ。行ってらっしゃい。行って、みんなに会ってらっしゃい。でも、朝までには帰ってくるのよ。さあ。タキ、お行き」

早苗は、山のほうを指差し、二、三度手を振《ふ》りました。

「クウン」

キバは、嬉《うれ》しそうに鼻をならしました。

「いいのよ、タキ」

そういうとキバは、ピチピチと尾を振って、今度は真っ直《す》ぐに闇《やみ》の中に消えていきました。

憎《にく》きゴンを追って

「片目のゴンが暴れたんじゃ、山にはうっかり登れんわ」

山の人たちは、声をひそめて話し合っています。

しかし、ゴンを倒《たお》せる者は、町ではヨシトくらいです。みんなは、ヨシトに頼みました。

「ゴンを倒せる者は、わたしともう一人います」

ヨシトが言います。

「その人は、北海道《ほっかいどう》にはいません。九州《きゅうしゅう》です。九州の山の中です。佐々木茂《ささきしげる》くんという青年です。今度の旅で会いました。この人なら、ゴンを倒すことができます」

「猟師《りょうし》かね？」

アイヌのイタシロマがたずねました。

「冬は猟師をやっています。夏は、伐採《ばっさい》をしているんです」

「腕前《うでまえ》は見たかね？」

「見ません。見なくても分かります」

ヨシトは、きっぱりと言いました。

「どうして？」

「犬のかわいがり方が違《ちが》います。山も自然もよく知っています。動物のこともよく知っています。その人の目を見れば、鉄砲《てっぽう》を撃《う》たなくても分かります」

「なるほど……しかし、九州じゃ、来てもらうわけにもゆくまい」

「本人は来たいとは言っていました。しかし、ゴンは、他人を頼《たよ》っては討《う》てない相手《あいて》です。やるならば、わたしは一人でやります」

「一人で？」

イタシロマはびっくりしました。

父の養一郎《よういちろう》は考えています。そして、早苗《さなえ》に言いました。

「タキを、もう一度だけヨシトに与えてみないかね」

静かな言い方ですが、強さがあります。

「嫌《いや》です」

早苗《さなえ》は、強く答えました。

「お父さま。タキはもうヒグマの猟犬《りょうけん》じゃありません。早苗の犬です。いいえ、早苗のお友だち、早苗の兄弟なんです。嫌よ。絶対《ぜったい》嫌！」

「まあ、早苗ちゃん」

幾代《いくよ》が声をかけたほど、早苗は、激《はげ》しく言いました。

「ヨシトさんが言い出したんですか。お父さんの仇《かたき》が討《う》ちたいからですか……それで、お父さまにそんなことを頼《たの》んだんですか?」

「それは違《ちが》う」

「お父さまだって、タキが見つかった時は、あんなに喜んで下さったじゃありませんか。あれだけ苦労してきたタキに、もう、苦労はさせたくないんです。嫌です」

「早苗……」

幾代が、なだめようとします。

「いいよ、いいよ。君の気持ちは分かる。だが、興奮《こうふん》しないでわたしの言うことも聞きなさい。自分の言うことも話す代わりに、相手《あいて》の言うこともよく聞くというのが民主的だろう。早苗の誤解《ごかい》している点があるから、それを先に話すが、ヨシトは決していま早苗が言ったような男じゃない。自分一人だけの仇討《かたきう》ちをやるのではない。大雪《だいせつ》山《ざん》の不安を取り除き、世間のために立ち上がろうとしているんだよ」

養一郎《よういちろう》が言うと、早苗は唇《くちびる》を噛《か》みしめて聞いていました。

「でも、ゴンの害が除《のぞ》かれたら、タキは戻《もど》ってくるんでしょうね」

「もちろん、タキは早苗の犬だからね」

早苗は、ようやく、こくんとうなずきました。

やがて、ヨシトが三人のところに呼ばれました。

「ヨシトくん。やっと早苗の許しを得たよ。タキを連れて、ゴンを討ってくれたまえ」

「とんでもございません。タキは、お嬢《じょう》さまだけのものです。わたしはゴンを討とうなんてもう考えませんし……」

ヨシトがあわてて言いかけるのを、

「いいのよ、ヨシトさん」

と早苗《さなえ》がさえぎりました。

「タキは山の犬なんです。大雪山《だいせつざん》が生んだ山の犬……大雪山の魂《たましい》なんです。早苗だけのものではないし、早苗だけのものにしてはいけないんです。ヨシトさんが片目のゴンを倒《たお》すためには、どうしてもタキの協力がないと駄目《だめ》だと思います。タキをつれていって下さい。わたしが男でしたらついて行きたいけれど、それもできません。タキを、わたしの代わりに、十分働かせて下さい」

早苗は、じっとヨシトの目を見ました。

ヨシトの顔に、強い強い決心の色が見えました。

早苗は、タキを信《しん》じていました。

タキの力を、絶対信じていました。

そして、ヨシトの腕《うで》も信じていました。

ヨシトにタキが一緒《いっしょ》なら、きっとゴンを倒《たお》すことができるだろうと思いました。

養一郎《よういちろう》はヨシトのために五連銃《ごれんじゅう》のライフルを買ってやろうと言いましたが、ヨシトは断《ことわ》りました。

「旦那《だんな》さま。ゴンのようなヒグマとの戦《たたか》いは、一発で決まるのです。一発で倒せない時は、こちらが死ぬ時です。わたしは、やはり、親父《おやじ》からもらった村田銃《むらたじゅう》で行きます。あれには父の魂がこもっておりますし、わたしも手なれています」

ヨシトは、きっぱりと言います。

九月も中ばを過ぎました。ゴンは、どうしたものか現れません。ところが、層雲峡《そううんきょう》と上川町《かみかわちょう》のなかほどにある農家をゴンが襲《おそ》ったという知らせが入りました。

大胆《だいたん》にも昼間だったそうです。

「旦那さま、お世話になりましたが、本日行かせていただきます」

ヨシトが挨拶《あいさつ》に来ると、養一郎は、幾代《いくよ》に用意の品を持ってくるように言いつけました。

お神酒《みき》と、お頭《かしら》つきの肴《さかな》と勝栗《かちくり》です。

「どういうふうに追うつもりかね?」

「ゴンは追手の裏《うら》をかきますから、待伏《まちぶ》せしていてもだめでしょう。ですから、大急ぎで汽車で上川町《かみかわちょう》に行き、あとはタキの嗅覚《きゅうかく》を頼《たよ》りにどこまでも追っていくつもりです。たとえ何日、何十日、山に寝ようとも、必ず討《う》ち取るつもりです。これは、九州《きゅうしゅう》の佐々木茂《ささきしげる》くんあての手紙です。ゴンを一緒《いっしょ》に退治《たいじ》しようなどと話し合ったのですが、それもできません。お詫《わ》びの手紙です。わたしが戻《もど》らなかったら、手紙を出していただけませんでしょうか。ゴンについて詳《くわ》しく書いてあります」

「うん、引き受けた」

養一郎《よういちろう》は手紙を受け取りました。

まもなく、早苗《さなえ》が部屋に入ってきました。

「ヨシトさん、台風が来るのよ。今日は、山に入るのを見合わせたら?」

「台風が?」

「お父さまたち、ラジオはお聞きにならなかったの?」

「台風15号のことかい。もうすっかり弱くなったそうじゃないか」

と、養一郎が言いました。

「今度も北海道《ほっかいどう》までは来ないでしょう」

幾代《いくよ》はヨシトに、お神酒《みき》をすすめながら言いました。

ヨシトはアイヌでもあまり酒は飲めません。酒を飲むと、山に入って息が乱れると言うのです。

「たとえ台風が来たって、へこたれるようなヨシトじゃないさ。吹雪《ふぶき》のなかでも山に野宿するんだからなあ」

養一郎は台風を気にしながらも、そう言ってヨシトを励《はげ》ましました。

ヨシトは、その日の夕方に出発しました。

早苗《さなえ》が、途中《とちゅう》まで送っていきます。

「タキ、しっかりね。ヨシトさん、お願いします」

「お嬢《じょう》さま。運よくゴンに追いつけましたら、三日目にはここに戻ってきます。タキと一緒に……」

ヨシトとキバの姿《すがた》がだんだん遠ざかり、道を曲がりました。

次の日、ヨシトはキバをつれて、上川町から層雲峡《そううんきょう》のほうへゆっくり歩いていました。

片目のゴンを倒しに向かうキバとヨシト

一日遅らせると、それだけチャンスがなくなるのです。

ヨシトは上川町《かみかわちょう》の警察署で教えられた道を注意深く歩いていました。

馬を殺された農家に行ってみると、そのおばさんは涙《なみだ》をこぼしながら、

「どうか、仇《かたき》を討《う》ってけろ」

と訴《うった》えるのです。

「おばさん、きっとゴンは退治《たいじ》するよ」

ヨシトは、おばさんと約束してキバの後に続きました。

しばらく行くとキバは、ゴンの臭《にお》いをつきとめたのか、地面に鼻をつけるようにして急ぎだしました。

ヨシトも村田銃《むらたじゅう》をかかえ、油断《ゆだん》なく走ります。

キバは、クマザサの中に入っていきます。ササの葉が、ザワザワと波のように揺《ゆ》れました。

ヨシトは、

「どっからでも来い！」

と、あたりに気をくばっています。

林の中にササが乱れていました。そこで馬が喰《く》われていました。

片目のゴンは、もうそこにはいません。

雨や風が、だんだんと激《はげ》しくなってきました。台風は、津軽海峡《つがるかいきょう》に向かいはじめたのです。

山は、ゴーゴーとうなり、木々は荒《あ》れくるった海のように叫《さけ》びはじめました。

それでもヨシトは、キバの後を追って足をゆるめませんでした。

坂道は、山のように雨水が流れます。

雲は二人の周囲に渦巻《うずま》きます。

ヨシトもキバも、ぐっしょり濡《ぬ》れています。

ふいに雲が切れて、その底から一軒の山小屋がボーッと浮《う》かび上がりました。

小屋に近づくと、物の焼ける臭《にお》いがします。戸は開きません。

戸を叩《たた》くと、

「おう」

と人声がして、戸が開けられました。

三人の山男が、火を焚《た》いて座《すわ》っています。

「なんだ、ヨシトじゃないか」

三人の男は、上川町《かみかわちょう》の営林《えいりん》事務所の人でした。一人は松山《まつやま》さんと言います。

「この嵐じゃ、これ以上山へは行けないよ」

「ええ」

ヨシトは、チラチラと揺《ゆ》れ動く炎を見ていました。

ゴーッと山が唸《うな》りました。

しばらくすると、風が急に衰《おとろ》え、雲の切れ間から太陽の光がさしてきました。

「今だ」

ヨシトは、三人の止めるのも聞かず、小屋を飛び出しました。山男の一人が、ビニールの風呂敷《ふろしき》を一枚くれました。風がおさまったので、ゴンが里に向かうだろうと思ったのです。

ゴンは、大きな身体を引《ひ》き摺《ず》るようにして、険《けわ》しい坂の岩道を駆《か》け下りました。

風と雨が、また激《はげ》しくなります。

ゴンは、狂《くる》った鬼《おに》のようになって、天人峡《てんにんきょう》のほうへ走りました。大木の幹《みき》に爪《つめ》を立て、木を倒《たお》し、唸《うな》り声を上げます。

無人《むじん》の小屋《こや》などは、叩《たた》きつぶしてしまいました。

もう、山全体が唸り声を上げています。

ゴンは、腹の底から怒《いか》りました。

懐《なつ》かしい故郷《ふるさと》

旭川《あさひかわ》を出た天人峡温泉《てんにんきょうおんせん》行きの最終バスは、東川村《ひがしかわむら》を通って日高牧場《ひだかぼくじょう》前に来た時には
もう一時間半も遅れていました。

三郎《さぶろう》と松吉《まつきち》が雨がっぱを着て、走ってきました。

「行けるかね？」

「今くらいの調子《ちょうし》だと行ける。だけど、またひと荒《あ》れきそうだな」

と、運転手が自信なさそうに言いました。

「うちのお嬢《じょう》さんが、宿まで帰んなさるが、気をつけて頼《たの》むよ」

「ほう、お嬢さんが……」

早苗《さなえ》がレインコートを着て、レインハットをかぶり走ってきます。

「すみません、お待たせしまして……」

バスは早苗を乗せると、重々しい足どりで走り出しました。忠別川《ちゅうべつがわ》に沿《そ》って進みま

す。橋を渡《わた》り、崖《がけ》のそばを通り、そしてまた何度も橋を渡ります。

雨水がガラス窓を滝のように流れます。

「行けるとこまで行くさな」

運転手が、ふてくされたように言いました。この橋を渡るとじきに温泉場です。しかし、そこに大きな木が倒《たお》れていました。バスが止まりました。

「駄目《だめ》だ、引き返すしかない」

運転手が言うと、乗っていたおかみさんが、

「どうしたらいいべ……」

と、おろおろしました。早苗《さなえ》の知っているおかみさんです。

様子《ようす》を見るために外に出た車掌《しゃしょう》が、悲鳴《ひめい》を上げました。

「たいへんだ。崖《がけ》の上の木が、波のように揺《ゆ》れているよう！」

それを聞くと運転手は、顔色を変えて、

「引き返します。お嬢《じょう》さんは？」

と早苗に聞きました。

「わたしは降りますす。もう少しですから。そこのおばさんの小さいお嬢ちゃんは、わたしが負《お》ぶってあげます。お兄ちゃんのほうは、しっかり放さないようにつかまえて、わたしの後からついていらっしゃい」

おばさんというのは、温泉から少し下ったところの、食料品店のおかみさんなのでした。

ここからは、温泉まであと三、四〇〇メートルくらいでした。

「車さえ危なくなけりゃ、ついていってあげるんだが……」

運転手は、申《もう》し訳《わけ》なさそうに言いました。

白川尾根《しらかわおね》を越えて沢に入ったところで、ヨシトとキバは夜を迎《むか》えました。

嵐《あらし》はますます烈《はげ》しくなります。

寒さもひどくなり、指や腕《うで》も感じが鈍《にぶ》くなってきました。

「タキ、大丈夫《だいじょうぶ》かい」

ヨシトは、キバが心配でした。さっきの小屋にもうしばらく休んでいればと、今さらながら後悔《こうかい》しました。

こうなっては、もうゴンを追うどころではありません。ぐずぐずしていると、凍死《とうし》してしまいます。しかし、引き返すのもくやしく思いました。

と、崖《がけ》の上のエゾマツが、突然《とつぜん》倒《たお》れてきました。

「危ない、タキ！」

キバは、すばやく飛んで身をかわしました。

ヨシトとキバは、また進んで行きました。愛山渓《あいざんけい》に行くには、どうしても尾根《おね》を越さなければなりません。そこは草も木もなく、馬の背のように狭《せま》く切り立っていました。

「ここさえ乗り切れば、あとは大丈夫《だいじょうぶ》なんだ」

風は時々、ふっと弱くなる時があります。その時に尾根を越えなければなりません。

風が、すっと弱くなりました。

「今だっ！　タキ！　走れ！」

ヨシトは、パッと飛び起きて走りました。キバも走ります。

そして、また風です。ヨシトとキバは、大地に伏《ふ》せました。

もうひと息です。ヨシトは、覚悟《かくご》を決めました。

「タキ！　突《つ》っこむぞ！」

ヨシトが走ります。

とたんに、ダアーッと、ものすごい風がやって来ました。たいへんです。

ヨシトの足が、ふあっと大地から離《はな》れてしまいました。

ヨシトは風速六〇メートルの風にさらわれて、谷底へ落ちていったのです。

若かったから、ヨシトの風の計算が狂ったのです。ヨシトの声が、ずっと遠くに消えてゆくのを、キバは大地にぴたりと伏《ふ》せて、全身で聞いていました。


さて、いっぽう早苗《さなえ》のほうはどうでしょう。

わずか三〇〇メートルくらいの、通りなれた道でしたが、この夜だけはまったく違《ちが》っていました。女の子を負《お》ぶっていた早苗は、風に吹《ふ》き戻《もど》されて進むことができません。女の子も泣き出してしまいます。

「ここが危ないとこよ。向うの岩の角《かど》のとこまで行けば風があたらないから大丈夫《だいじょうぶ》よ」

岩かげに身を寄せた早苗《さなえ》が、おかみさんを励《はげ》まします。

「お嬢《じょう》さん、すみません」

二人は急ぎました。おかみさんが水たまりで転《ころ》んでしまいました。

その頃、松吉《まつきち》と三郎《さぶろう》が、オート三輪《さんりん》を走らせていました。

バスの車掌《しゃしょう》に早苗が歩いて行ったことを聞くと、大あわてにあわててオート三輪のスピードを上《あ》げました。

ヨシトは、谷底へ落ちかけた時、運よく岩かどにひっかかりました。服も裂《さ》け、手足からも血が出ています。気を失っています。

そこへ、ずぶ濡《ぬ》れになったキバが、ようやくたどり着きました。鼻でフンフン臭《にお》いを嗅《か》いできたキバは、ふいにその場を離《はな》れました。そして、また戻《もど》ってくると、今度は柔《やわら》かい、生温《なまあたた》かい舌でヨシトを何度も舐《な》めました。

すると、ヨシトは微《かす》かに、ウーンと声を上げたのです。

キバは、ヨシトの服をくわえ、全力をあげて引《ひ》き摺《ず》りはじめました。そして、ようやく洞穴《ほらあな》に引き摺り込み、何度も何度もヨシトの顔を舐めました。

ヨシトの顔に、だんだんと赤みがさしてきます。

それを見届《みとど》けたキバは、すぐに営林《えいりん》事務所の山小屋に向かったのです。

キバの知らせで、事務所の松山《まつやま》と金田《かねだ》が、すぐに洞穴《ほらあな》に向かいました。

早苗たちは、つり橋を渡《わた》っていくことにしました。川に沿《そ》って、つり橋に急ぎます。

前方に小さな小屋が見えます。

「とにかくあの小屋まで行きましょう」

早苗は、おかみさん親子を連れて小屋まで行きました。電燈《でんとう》がぽつんとついていますが人はいません。そこでひと休みをし、それからまた、嵐《あらし》のなかを突《つ》き進みました。

と、誰かが曲《まが》り角《かど》に立って、じっとこちらを見ています。

――人にしては大きい――

そう思った時、

「グォーン」

と、はらわたに響《ひび》くような吠《ほ》え声がしました。片目のゴンです。

早苗《さなえ》は、みんなに、声を出さずにじっとしているように言いました。しかし、身体が震《ふる》えて仕方がありません。

「戻《もど》りましょう！　さっきの小屋まで！」

早苗は、おかみさんの手を引いて、死にもの狂《ぐる》いで小屋に戻《もど》りました。小屋は、工事小屋です。ケーブルがあり、トロッコがありました。

スイッチを入れると、ビーンとモーターがかかりました。スイッチを切って、早苗は、無理やりにおかみさん親子をトロッコに乗せました。

「お嬢《じょう》さんも！」

「そしたら、だれがスイッチを入れるのよ、早く！」

おかみさんは泣いていました。早苗がスイッチを入れます。トロッコがユラユラと揺れて、川の向こうへと動いていきました。

キバに案内されて、松山《まつやま》と金田《かねだ》は白川尾根《しらかわおね》を沢のほうに下りていきました。やっと洞穴《ほらあな》にたどり着きます。

「おいヨシト、大丈夫《だいじょうぶ》か」

松山が耳もとで怒鳴《どな》りました。ヨシトは気がついたとたん、

「寒い！」

と言って、ブルッと震《ふる》えました。

「ここでは、焚火《たきび》もないし……、とにかく危険《きけん》だが、ヨシトを背負って小屋まで行こう」

金田が言って、小屋に向かおうとしたが、キバは動こうともしません。その上、は、は、らわたにしみ通るような声で、ウォーン、アウォーッと遠吠《とおぼ》えをはじめました。キバの様子《ようす》がおかしい、とみんなが思った時、キバは、大地を蹴《け》って飛ぶように走り出しました。

キバは、走りに走りました。なにか、不思議《ふしぎ》な魂《たましい》が知らせるのでしょうか。

キバは、早苗のいる小屋をめざして走っているのです。

やがて――ゴンの臭《にお》いのするところまで来ました。ゴンの足跡《あしあと》もあります。キバは、常軌《じょうき》を逸《いっ》したようになって工事小屋に飛び込みました。早苗《さなえ》の臭《にお》いとゴンの臭いがただよっています。

キバの毛が、逆立ちました。キバは唸《うな》りました。次にキバの鼻がとらえたものは血の臭いでした。

キバは、錯乱《さくらん》したように小屋の中を走り回り、表に飛び出していきました。

早苗のレインコートが落ちています。ゴンが噛んで振《ふ》り回したに違《ちが》いないのです。

もう夜が明けてきます。

それでもキバは、そこら中を駆《か》け回り、川に入っては、また岸辺に上り、唸り声を上げて走り回りました。

故郷《ふるさと》とは――それはキバにとって、キバを育ててくれた大雪山《だいせつざん》でも自然でもありませんでした。この世の中の、たった一人の心の故郷――それは早苗だったのです。しかし、キバの故郷は、もうここで消えてしまったのでした。

まぼろしの王

流れ星が地上をすれすれに飛んでいます。

星は悲しみ、泣きながら飛んでいるようでした。

その星はキバです。

片目のゴンは、キバからすべての希望と愛情とを奪《うば》って尾根《おね》に逃《に》げ込んだのでした。

「復讐《ふくしゅう》だ！」

キバは、大空に鼻を向けると、高く大きく遠吠《とおぼ》えをしました。

それからキバは、夏の登山道に出ました。

ゴンの臭《にお》いは登山道に沿《そ》って小化雲岳《ポンかうんだけ》に向かって続いています。

途中《とちゅう》でホシとクロに会いました。ホシの子どもにも会いました。もう立派《りっぱ》な若者です。たれ耳もいました。

キバに従《したが》って、仲間は走り出しました。

小化雲岳《ポンかうんだけ》から化雲岳《かうんだけ》に続く尾根《おね》まで来て、キバは走りを止めました。

片目のゴンの臭《にお》いが近くでしたからです。

キバは、注意深く、あたりに気をくばって歩き出しました。後ろには仲間が続きます。

いました。片目のゴンがついに見つかったのです。

ゴンは化雲岳の岩の上で、前足で岩を抱《だ》き、下から登ってくる犬の群れをじっと見下していました。

ゴンも犬たちに気がついたのです。

コッフ、コッフ、コフ、コフ……せき込《こ》むような唸《うな》り声を上げ、ゴンは岩からドスンと飛び下りました。

ゴンは、そこで後足で立ち上がり、両手を広げて唸りました。

犬たちも、いきなりわっと突《つ》っ込《こ》むような、下手《へた》な戦法《せんぽう》をとりません。

ゴンは、戦法をかえて、絶壁《ぜっぺき》の近くで身構えました。

キバは、つと足を止めます。

赤耳がツツーッと右に進みます。クロも続きます。ホシやキバの子どもたちは、キバの後ろを守ります。そして、ゴンの左手の逃《に》げ道をふさぎました。

みごとな包囲作戦《ほういさくせん》です。

ゴンは、逃《のが》れられないと知り、

「グオーン」

と吠《ほ》えました。

さあこい、と言うのです。

キバの身体が飛んでいきました。パッと立ち上がったゴンが、ほんの少し遅《おく》れました。ゴンの手が延びないうちに、キバの体当りが成功しました。

キバはゴンのあごに鋭《するど》い牙《きば》を立て、ゴンの胸を両足で蹴《け》ると、ひらりと空中転回して三メートルも横に飛び退《の》きました。

ゴンは唸りました。今度は用心しています。仲間が飛び込むと、素早《すばや》く右手の爪《つめ》で叩《たた》き落としました。

ギャギャーン。仲間の一匹が谷底へ落ちていきます。

犬は三〇頭もいます。弱い力も三〇集まれば、たいへんな力になります。

三〇頭は、息つく暇《ひま》も与えず、右から左から前からとゴンを攻《せ》めました。

ゴンは必死でした。

ついにキバはゴンに牙《きば》を立て、咬《か》みつきました。咬みついて離《はな》しません。

ここぞとばかり、仲間がぶつかっていきます。

ゴンは、目茶目茶《めちゃめちゃ》に暴《あば》れました。それでもキバは離《はな》しません。仲間は、耳を飛ばされ、足を折られても、力を合わせて攻め続けます。

ゴンは、ジリジリと絶壁《ぜっぺき》に追《お》い詰《つ》められました。

キバは、さっと身を引き、電撃《でんげき》のような早さで、ゴンの鼻先にぐさりと牙を立てました。

「グオーン」

最後の唸《うな》りが、ゴンの口から弱々しく洩《も》れました。

キバが、さっと身をひいた時、ゴンは赤耳にしっかりと片足《かたあし》を喰《く》らいつかれたまま、

片目のゴンを追い詰めるキバたち

クルクル回って、目も眩《くら》むような岩場へ落ちていきました。

それから二日後、倒《たお》れた木を調べるために、営林署《えいりんしょ》や役場の人が化雲岳《かうんだけ》に行きました。

ふと見上げると、ゴンが岩の上にうつ伏《ぶ》せになっています。

みんなは逃《に》げ出しましたが、ゴンは追ってくる様子《ようす》もありません。

双眼鏡《そうがんきょう》で調べ、近づいてみると、ゴンは頭を岩で打ち砕《くだ》かれて死んでいました。

足には、赤耳が死んだまま喰《く》いついています。

片目のゴンがヤマイヌと戦《たたか》って、崖《がけ》から落ちて死んだ、というニュースは、大雪山《だいせつざん》の麓《ふもと》の村や町にぱっと広がりました。

滝見台《たきみだい》に、たくさんの人が集まっていました。

美しい花束に囲まれて、お墓が建っています。早苗《さなえ》のお墓です。

包帯《ほうたい》を巻いたヨシトが、蒼白《そうはく》な顔をして立っています。

養一郎《よういちろう》の挨拶《あいさつ》が終わってから、養一郎は、

「ヨシト、もう帰ろう」

と、そっと言いました。

悲しみをこらえにこらえた養一郎の声です。

「旦那《だんな》さま……」

「何も言うな。言って早苗を悲しませないでくれ」

養一郎は、そう言って、早苗の羽織《はおり》をお墓にかけてやりました。

その夜更《よふ》けのことです。

滝見台のあたりから、悲しい遠吠《とおぼ》えが聞こえてきました。

キバの声でした。

「タキ！　悲しいだろうなあ。泣け、泣け！　俺も死んでしまいたいくらいだ。おれがお嬢《じょう》さんの代わりに死ぬんだった！」

ヨシトは、忠別川《ちゅうべつがわ》の川辺で、キバの遠吠《とおぼ》えを聞きながら泣いていました。

キバの遠吠えは、何日も続きました。

遠吠《とおぼ》えをするキバ

ヨシトは、そのたびに頭をかかえて泣きました。

「分かるかね」

養一郎《よういちろう》がそっと声をかけます。

「タキはなあ、生まれて初めての、一番大きな苦しみと闘っているんだよ。愛する者に別れる悲しさは動物だって同じなんだ。だが、ほんとうに強い愛情は、そういうものを越えたものなのだ。それを越えた時、タキは、大雪山《だいせつざん》の王者になるのだよ。その時こそ、タキは、早苗《さなえ》のお墓から離《はな》れていくだろうね」

養一郎の言葉は、あたっていました。

キバの遠吠《とおぼ》えは、やがて消えてしまいました。

大雪山連峰一帯《だいせつざんれんぽういったい》に雪が来ました。

大雪山のヤマイヌの群れも、姿《すがた》を見せなくなりました。

そして、一年ほど過ぎました。

すると、こんな噂《うわさ》が天人峡《てんにんきょう》に伝わってきました。

日高山脈《ひだかさんみゃく》のある猟師《りょうし》は、峰《みね》から峰に、幻《まぼろし》のようにこっそり渡《わた》っていくヤマイヌの群れを見た。その大将は、ずばぬけて大きなオオカミだった……。

そんな噂《うわさ》でした。

また、知床半島《しれとこはんとう》の一人のきこりは、月の夜に羅臼岳《らうすだけ》の頂上付近から響《ひび》いてくる、ぞっとするようなオオカミの遠吠《とおぼ》えを聞いた、と言うのです。

「それこそタキだ。タキにもう一度会いたい。会ってお詫《わ》びをしたい」

ヨシトは、養一郎《よういちろう》に願って牧場を去っていきました。

だが、それから二年が過ぎましたが、天人峡《てんにんきょう》や日高牧場《ひだかぼくじょう》の人たちは、ヨシトがタキに出会ったという知らせを、まだ誰も受け取っていません。

作者のことば

戸川幸夫《とがわゆきお》（一九六九年二月記）

牙王物語は、わたしが『高安犬物語』で直木賞を受賞した次の年、昭和三一年（一九五六年）に毎日新聞に約一年間にわたって連載した小説です。

『高安犬物語』の主人公、日本犬のチンは野性での生活をしながらも生まれ落ちた時から死ぬまで人間と生活をともにしています。たえず野性をあこがれながら、都会で死んでいった犬の物語ですが、牙王物語の主人公のキバは、犬とオオカミの混血児《こんけつじ》で、山で生まれた野性犬です。それが人間に飼われ、人間の愛情の中に育つのですが、途中《とちゅう》でふたたび野性に戻《もど》ります。野性にいながら自分を育ててくれた都会の人間を忘れずにいるのです。そして、最後は野性のなかへと消えてゆく犬の物語なのです。

わたしは高安犬物語と牙王物語とで、犬というものを両面から書きあらわしたいと思ったのです。ちょっとみると、まったく反対の感じがする作品のようですが、ものには表と裏とがあって、その両面がそろってはじめてひとつのものが完成するように、ふたつの物語から犬のもつ性格だとか、本能だとか、行動だとかを知っていただけたら……と考えています。

それともうひとつは、人間でも犬でも同じことですが、長い一生の間には嬉《うれ》しいこと、悲しいこと、腹立たしいこと、がっかりすることなど、いろいろとあるものです。つらい生活や苦しい生活に耐えなければならない時もあります。そうしたいろんな困難にうち勝っていってはじめて人間として、または犬としての成長がなしとげられるのです。とくに人間はそうなのです。そのことを書きたかったのです。

キバという主人公の犬は、犬ではありますが、小説なのでかなり人間的な性質を備《そな》えた犬になっています。

キバは、いろんな困難に会うたびに反省したり、自覚したりして一歩一歩と自分を成長させ、たくましくなってゆきます。

そういった姿《すがた》を、みなさんによく見てほしいのです。

この小説が新聞に連載中は、読者のみなさんから毎日たくさんの励《はげ》ましのお手紙やら、電話などをいただきました。はじめは新聞社側でも、わたしも、中学生向きの小説ということではじめたのですが、読んでくださった人々の層《そう》は広くて、下は小学生から上は八〇歳《さい》になるおばあさんまで、各年齢、各職業の方々が読んでくださいました。

キバという犬は実際にいたわけではありませんが、それのモデルになるような犬は、何頭かいたのです。しかし、わたしは、犬のもつすばらしい性質や性能をたたえてこの小説を書いたのですから、すべての犬がキバのモデルと言ってもいいかもしれません。

解説　つまずいても強く生きる

長編『牙王物語』は、私の父、戸川幸夫が「毎日新聞」に『山のキバ王』として連載した小説です。連載がはじまったのが一九五六年一二月ですから、読者のみなさんのおじいさんやおばあさんが子どものころとなります。

当初は一〇〇回の予定でしたが、大好評となって三五一回まで継続されました。つまり、約一年にわたって続いたわけです。「『牙王物語』を読んだよ」と、おじいさんやおばあさん、そしてご両親に話してみてください。ひょっとしたら、驚きとともにさまざまな感想が聞けるかもしれません。

というのも、この物語は漫画家・石川球太《いしかわきゅうた》さんにより「少年マガジン」（講談社）に一九六五年から一九六六年まで連載されたほか、一九七八年九月二三日にはフジテレビでアニメーションにもなって放送されていますので、現在五〇歳以上の人たちであれば、知っている可能性が高いのです。そうなると、三世代にわたって読み継がれている物語となります。

このたび、北海道上川郡東川町のご協力のもと新装版となる合本が刊行されることになった理由は、この物語の主たる舞台が大雪山連峰《だいせつざんれんぽう》だからです。その主峰旭岳《あさひだけ》（二二九一メートル）は東川町にあります。その麓《ふもと》で繰り広げられたキバと片目のゴンとの戦いなどは、ほとんどこの町で行われたものなのです。

ところで、父が取材を行い、新聞での連載がはじまったときには、東川町は「東川村」と呼ばれていました。東川町となったのは一九五九（昭和三四）年のことです。一方、上川町は一九五二年に町制《ちょうせい》が敷かれましたので、この物語では「東川村」「上川町」という表記になっています。こんな歴史的な変遷《へんせん》もふまえて、ここからは父の思い出などを綴りつつ、東川町の紹介をしていきます。

連載前に大雪山を訪れた父

毎日新聞で連載がはじまる一か月前、父は大雪山を訪れています。そして、毎日新聞の北海道版に「白き神々の座に上りて」というタイトルで、次のような文章を書いています。

染まるように青い大空にぎらぎらと輝く銀峰、もくもくと男性的にわき上がる噴煙《ふんえん》、その雄大さは私の筆などではとうてい表わすことのできないものだ。「死ぬならこんなところで死にたい」と山頂でふと思った。ここで死んだら間違いなく神になれそうな気がした。山頂から見渡す大雪山連峰はまさに「白き神々の座」だった。私はこんど、この天地を舞

台にペンを走らせてみたいと願った。出来る、出来ないは別としてこの雄大な大自然が私の血を激しくかき立て力づけてくれたからにほかならない。

父がこれほどまで魅了《みりょう》され、突き動かされた大雪山連峰《だいせつざんれんぽう》は、アイヌ民族の言葉で「カムイミンタラ」とも言われています。「カムイミンタラ」とは「神々の遊ぶ庭」という意味です。オオカミを母に、北海道犬《ほっかいどうけん》を父にもつキバが自由自在に走り回る舞台として父は、大雪山以外には考えられないと実感したことでしょう。

『牙王物語』には、一生を通じて父が大切にしていた生き方が強く投影《とうえい》されています。人間に一番親しまれている動物、素朴で純真な犬の姿を借りて、その一生を尊く、強く、りっぱに生き抜いてゆくにおいて体験するであろう喜びや悲しみ、そして苦しみや怒りの姿を表したわけですが、その姿は読者の心の奥底にずし

"白き神々の座に上りて"

戸川幸夫

資金獲得に映画会

毎日新聞（1956年11月30日付）

ん、と落ちてきたようです。だからこそ、発表されてから六〇年もの年月が経っているのに、老若男女《ろうにゃくなんにょ》を問わず、今も心に響く作品となって読み継がれているのだと思います。

新聞連載を読んでくださった人たちの年齢層は広く、下は小学生から上は八〇歳のおばあさんまでいたようです。もちろん、さまざまな職業に就《つ》かれている人が読まれ、多くの手紙、電話、電報まで届けられたようで、「大きな反響に驚いた」と父は言っていました。

投書のなかには、「キバや早苗を殺さないで！」というものが多かったようですが、それに対して父は次のような回答をしています。

真の愛情とは生死を超越《ちょうえつ》するものであって、死に別れても決して敗れ去るものではない。そして生死をこえた愛情に生きたときこそ、本当に強いものになる――そんなところまでキバを成長させたかったので、早苗を死なせました。

この文章は、一人ひとりに返事を書けないため、連載終了後に「山のキバ王こぼれ話」と題して毎日新聞（一九五七年一二月一五日付）に寄稿《きこう》したものです。また、「子どもも読んでいるのだからあまりショックを与えないでほしい」という投書もあったようですが、それに対しては次のように回答しています。

その点、下劣な点や残虐《ざんぎゃく》な描写《びょうしゃ》はできるだけ避けるように努めたつもりですが、これから強く成長してゆかねばならない少年たちが読んでいることを考え、私はストーリーの上ではなまじっかの妥協をしたくなかったのです。

たしかに、いつの時代においてもきれい事だけでは生きていけません。大人になろうとする時期の子どもたちに、そんなことを伝えたかったのでしょう。

面白い投書もありました。「キバに肉でも買ってやってください」と、大阪の人から金一封が届いたと言います。小説のなかにしか存在しない犬に金一封です。人の善意《ぜんい》、こちらのほうもいつの時代も変わらずにあるようです。とはいえ、さすがにこの投書には父も困ったようで、「動物愛護協会病院に収容されている同族への寄付とさせてもらった」と書いていました。

敗者復活

「野生の世界はやり直しがきかない。一回の失敗が命取りになる。しかし、人間世界には敗者復活がある。つまずいても、なんとかそれに打ち勝ち、乗り越えたときにこそ以前の何倍も強くなっているのだから、つまずきに負けてはいけない」

と、父は普段から私たち姉妹によく言っていました。

この教えは、父の山形高等学校時代の思い出につながっています。心の中では期待していた動物学の授業に落胆《らくたん》し、目標を失った寂しさを抱えながら、授業をさぼってはオオカミを追いかけていました。普通の高校生なら交流することはないような市井《しせい》の人たちと交わり、社会勉強を楽しんでいるうちに二度も続けて落第したために、とうとう退学になってしまいました。

自業自得《じごうじとく》とはいうものの、二度目の落第ではかなり落ち込んだようです。この退学のときには周りの人々が救いの手を差し伸べてくれたようです。にもかかわらず、自ら退学を選択していています。このときの辛さをバネにして這《は》い上がった父、先ほどの言葉は、どん底を味わった父だからこそのものと言えるでしょう。

この間の経緯を、少し詳しく説明しておきます。

一九三二年、父は二〇歳のときに旧制山形高等学校（現・山形大学理科）に入学し、動物学を学ぶことにしました。子どものころから動物が大好きだったこともあり、憧《あこが》れと興奮《こうふん》のなかで高等学校の生活がはじまったようです。しかし、動物学を学ぶのは二年生からで、一年生のときには工学部や医学部に進む人たちが選択する「理甲《りこう》」を専攻《せんこう》して講義を受けたのですが、このときの勉学では四苦八苦《しくはっく》したと言います。

「好きな教科なら教わらないことまで先に勉強していたが、数学や化学、物理のような理系の学問は苦手で、国文学だの作文だのは得意だったが、嫌いな科目や、しても将来の役に立ちそうもないという科目はさっぱり勉強しなかった」（旧制高等学校のアルバム『白線帽の青春　東日本編』一九八八年より）

と書いているとおり、同級生たちに助けられながら苦手な科目をクリアしたようです。初めて落第しそうになったときも、頑張ろうという意欲よりも諦《あきら》めのほうが先にたったようですが、「一度くらいの落第は人生勉強になるだろうとのんきに考えていたが、落第ということが現実のものとなって、その屈辱の中に投げ出されたときに、言いようのない寂しさが襲ってきた」と、高校時代の思い出を描いた小説『ひかり北地に』（新日本出版社、一九七三年）に書いています。

どうやら、あまり勉強はしていなかったようです。前述したように、試験前になって友人たちに勉強を教えてもらったほか、指導教官からも助言してもらって何とか試験は通ったものの、自分では納得できないままの状況が続いていました。希望としていたのは、進級すれば動物学を学べるということだけだったのです。

ようやく、二年生から動物学の講義がはじまりました。そのときの気持ちは、「それこそ息をのんで刮目《かつもく》する思いで」受講したようです。ところが、当時はまだ生態学、動物社会学、分布学といった分野は一部門として確立されるほど発達していなかったのです。高校で教える動物学といえば、基本的な構造学や分類学でしかなかったため、それらをすでに勉強していた父からすれば、期待していた動物学とはまったく内容が異なり、勉学に対する熱意が急激になくなっていきました。

そのため、まったく勉強をせず、前述したように、オオカミがどこかで生き残っているかもしれないと自転車で山々を駆けめぐる日々を過ごしたのです。そして、結局、二度続けて落第し、とうとう退学になってしまいました。

「こんな勉強方法では、かろうじて学校を卒業できても意味がない」

と言って、山形高等学校を去ったようです。自分で納得したとはいえ、埋めようのない寂しさに心も体も占領されていました。勉強に失望を感じていたとき、父の心を慰め、夢中にさせたのが山形県東置賜郡高畠町の高安地区に生きた日本犬の一種である高安犬《こうやすいぬ》でした。

この種の最後の一頭に出会い、その犬の飼育に夢中だったときのことを書いた小説が直木賞を受賞した『高安犬物語《こうやすいぬものがたり》』（新潮社、一九五四年）です。この小説は、本格的に小説の勉強をはじめてからの父の処女作でもあり、日本で初めての「動物文学」とも称されました。また、東京書籍の小学校高学年の国語の教科書などでも紹介されることになりました。ちなみに、この最後の一頭が死んで、高安犬は絶滅しています。

高等学校を退学してから父は、一九三七年、東京日日新聞（現・毎日新聞）に入社して社会部の記者となっています。直木賞を受賞したことがきっかけとなって作家になったのですが、自分の足で調査をし、じっくり観察して動物の生態を確かめるという父のスタイルは、すでに高等学校のときに培《つちか》われていたものと考えられます。

こんな父に私は、「やってもみないで、できないと言うな」とよく言われました。父に何かを頼まれたり、「やってみたらどうか」と言われたとき、「そんなことできない。○○さんも難しいと言っていたし……」などと反論したことがあるのですが、そのときは烈火のごとく叱られました。

「やってもみないで、できないと言うな。人の言ったことを鵜呑《うの》みにするな！」

「自分でやってみて、確かめてできなかったのか？」

普段は優しく、あまり叱られたという記憶がない私ですが、この「できるわけがない」という言葉を発したときだけは、父から「優しさ」が消えていました。父の生きざまからして、絶対に許されないフレーズなのです。

新聞記者であったときも、小説を書くときも、父は必ず歩いて確かめてからでないと原稿を書くことはありませんでした。それゆえ、大雪山連峰《だいせつざんれんぽう》にも三年ほど通ったと聞いています。

本書、つまり『牙王物語』は、初めて書いた小説『高安犬物語』の二年後に書いたものですが、父はその「あとがき」に、「主人公キバは今まで自分が飼《か》っていた関わりのある犬たちすべてがモデルだ」と書いています。つまり、犬に関係するすべての経験が、この作品に表現されているということです。

犬たちのリーダーだった父

父にとって、人間と心が通じあう純真《じゅんしん》な友達である犬は特別な動物であったと思います。赤ちゃんのときから、父は泣いていても犬を見せれば泣き止んだそうです。事実、私が生まれてからも犬が家にいないという日はありませんでした。いつも数頭いるというのが戸川家では当たり前でしたので、二頭のメスが同時に子犬を産み、家族の人数よりも犬のほうが多いというときも多々ありました。

実家は東京・青山にありました。今でこそファッショナブルな街ですが、当時は青山墓地に近いこともあって閑静《かんせい》な住宅地でした。高台にあって、隣家とも離れていたので、父は三〇坪ほどの庭に白樺《しらかば》を植えて、狭いながらも雑木林の様相《ようそう》を呈していました。

父が好きだった犬は日本犬、それもイノシシ猟に使っている機敏《きびん》な四国犬《しこくいぬ》が好きでした。かつては「土佐犬《とさいぬ》」と呼ばれていましたが、同様の呼称をもつ土佐闘犬とは別品種のものです。

犬たちは庭に放し飼いで、自由に走り回っていました。セミを捕まえることもありました し、庭に入ってきた野良猫を追いかけ回し、木の上に追い詰めたこともあります。もちろん犬小屋はありましたが、軒下とか、木陰とか、それぞれ好きなところで犬たちは寝ていて、雨が降ってくると、いそいそと自分のタオルをくわえて犬小屋に入っていきました。

こんな犬たちを、父はほとんど自由にさせていましたが、ある日、飼《か》っていたチャボの檻《おり》が外れ、出てきたチャボを犬が殺してしまいました。父は死んだチャボを犬の目の前に置き、すごい形相《ぎょうそう》で厳しく箒《ほうき》で叩いて怒りました。犬は尻尾を足の間に挟んで、小さくなって後ずさりし、「すみません……ごめんなさい……」と心から謝《あやま》っているように私には見えました。父の犬への接し方は、飼い主というよりは、犬たちのリーダーという存在であったように思います。

滅びゆく動物たちへの思い

みなさんは、イリオモテヤマネコという動物を知っていますか？　世界で西表島《いりおもてじま》だけに生息しているヤマネコです。この動物の存在を国内外に知らせたのが父なのです。一九六五年のことです。沖縄県にある西表島は、二八九・三平方キロメートル（東京二三区の約二分の一）にも満たない小さな島で、水の豊かな森林に覆われた所です。このような島に野生のネコが生息していること自体が奇跡的と言われ、国際的にも注目されました。

もうお気付きですよね。そう、動物好きであった父は、北海道《ほっかいどう》から西表島《いりおもてじま》まで秘境《ひきょう》を訪ね歩いたのです。どこでも、絵葉書のような穏やかな風景ではなく、そこに生きている野生の生きものたちが日々織り成す大自然に魅力を感じていました。父の関心は、動物一頭一頭の個体ではなく、その生きものたちが生き続ける野生の世界に寄せられていたのです。

アフリカやインドを舞台にした小説もたくさん著していますが、テーマとなっているものは、すべて滅びゆくものへの哀惜《あいせき》の念《ねん》です。生きものたちの棲《す》み処《か》が狭められてしまう開発や、周囲の人たちによる心ない振る舞いに対しては、リーダーとして生きものたちの気持ちを代弁《だいべん》して怒り、その悲しみを小説に表したのです。

キバの母である「オオカミ」という種にも、父には特別な思いがあります。先に述べたように、旧制山形高校時代には、絶滅したオオカミがどこかに一頭くらいは残存しているのではないかと、オオカミの噂《うわさ》を耳にするたびに山を探し回り、結局は野犬だったとがっかりしていました。

北海道のエゾオオカミが絶滅《ぜつめつ》したのは、本州のニホンオオカミが絶滅する五年前の一九〇〇年です。牧場での被害が大きく、エゾオオカミは家畜を狙う害獣として駆除《くじょ》されたのです。そのとき、人間がエゾオオカミという種を絶滅させる以外に家畜を救う方法はなかったのですが、父はそのオオカミ絶滅の顚末を『狼の碑』（徳間書店、一九八六年）という小説として著しました。そして、毒薬を使って最後のオオカミを絶滅させたエドウィン・ダン（Edwin Dun, 1848～1931）の言葉として、最終章でオオカミに詫びています。

明治新政府により北海道の開拓が開始されてからというもの、あっという間にシカの皮が日本内地で使われはじめたほか、シカ肉の缶詰工場もでき、どんどんシカを殺しはじめました。そのうえ、何年にもわたって大雪が降り、冬山で食べ物が得られなくなったシカの多くが餓死《がし》しました。シカを獲物《えもの》としていたオオカミたちは、人間が飼《か》っている家畜を狙いだしたのです。

このころ、畜産指導者《ちくさんしどうしゃ》としてアメリカからやって来たのがエドウィン・ダンという人です。ダンは開拓使に招かれて来日し、約一〇年にわたって北海道《ほっかいどう》の畜産発展に貢献《こうけん》した人です。日本人にバターやチーズのつくり方や、その栄養の豊富さを教えたのもダンでした。そして、最後の大功績《だいこうせき》となったのが、北海道のオオカミを駆除《くじょ》して、今日に至る牧畜業の隆盛《りゅうせい》を築いたことなのです。

ダンは、牧場の馬がエゾオオカミの大群に襲われたのを見て、毒薬《どくやく》のストリキニーネを使用し駆除することを決断しました。東京と横浜にあったストリキニーネを在庫がなくなるほど買い占めたうえに、不足分は母国アメリカから輸入したそうです。そして、オオカミが食べかけていた馬肉に毒を付けたり、毒を塗ったシカ肉をばらまいたのです。
ダンの狙いどおり、それを食べたエゾオオカミたちは、胸が焼けて水を求めたのでしょう。川沿いで折り重なるように大量に死んだと言います。数か月後には、とうとう足跡さえ見つからなくなり、この地域からオオカミは消えたのです。
任務を終えたダンは、オオカミの死骸《しがい》を埋めたところに碑を建てることを提案しました。牧場の人々は北海道畜産の歴史の記念碑としてそれはいいと賛成し、狼塚《おおかみづか》が建てられました。しかし、ダンの思いは記念のための碑ではなかったのです。

オオカミを滅《ほろ》ぼすか、牧場計画を中止するか二つのうちのどちらかを探《さぐ》るしか方法が無《な》かったからオオカミを滅ぼした。しかし、オオカミといえども、天が作り出した一つの魂《たましい》だ。オオカミにも生きてゆく権利がある。人間が…それも後から彼らの天地に割り込んできた人間が、彼らの種族《しゅぞく》を抹殺《まっさつ》していいという法はない。この塚は、僕の狼たちに対する詫《わ》びのしるしだ。

父が、『狼の碑』でダンの言葉として記した文章です。現在、私は、野生のトラやゾウ、イリオモテヤマネコを守る保全活動を行っていますが、その活動のベースになっているのがダンの言葉、「どんな生きものでも天が作り出した命。生きていく権利がある」なのです。

父が教えてくれたこと

『牙王物語』では、一九五四年九月に襲った洞爺丸《とうやまる》台風で早苗が片目のゴンに殺されますが、父は取材中に「青函連絡船《せいかんれんらくせん》洞爺丸が沈没し、一一〇〇名以上の犠牲者《ぎせいしゃ》を出した。大雪山《だいせつざん》も鬱《うっ》蒼《そう》としていた原生林が見るも無残《むざん》になぎ倒されるという未曽有《みぞう》の被害があった」という話を聞きました。台風が過ぎ去ったあと、山の木々がことごとくなぎ倒された光景が強く脳裏《のうり》に刻まれたのでしょう、このシーンをクライマックスとしました。

人間がいくら英知《えいち》を結集しても、自然の力には及びません。自然は穏やかな美しいときばかりではなく、時には厳しく人間を試すこともあります。そのたびに私たちは、人間の小ささを思い知らされることになります。人間は大自然を創造することはできませんし、ましてやコントロールもできません。だから私は、いま、残存《ざんぞん》する大自然には「おじゃまさせていただく」という謙虚《けんきょ》な気持ちで入っています。

物語の舞台を訪れて

二〇一八年七月二〇日、私は東川町に新しく開設された「せんとぴゅあ」の開館記念トークショー「大雪山アーカイブス」で話をするために、久しぶりに『牙王物語』の舞台を訪れました。その際、「日本の滝百選」にも選ばれている、天人峡にある「羽衣の滝」も見に行きました。

二〇一三年に襲った集中豪雨が大規模な土砂崩れを発生させ、天人峡温泉から滝までの散《さん》策路《さくろ》が閉鎖となっていたのですが、今年、五年ぶりにその散策路が開通しました。早苗とキバが初めて出会ったところですから、ぜひ見たかったのです。

訪れた滝は、絹糸のように優雅《ゆうが》な姿を見せてくれました。じつは、私が訪れる二週間前、再び豪雨に見舞われて、一時、天人峡温泉までの道路が閉鎖《へいさ》されていたそうです。車で向かう道すがら、その両側には土砂崩れの爪痕《つめあと》が残されていましたし、道路の横を流れる忠別川《ちゅうべつがわ》も少し茶色に見えました。

しかし、私が目にした滝は美しくて静かなものでした。その姿から、自然の力がもたらす変貌《へんぼう》の様子は想像もできません。たぶん、あっという間のことだったのでしょう。予防策として事前に人間がやれることをすべて行ったとしても、自然に対して「完璧《かんぺき》」ということはないのです。「おごり」――この言葉を決して忘れてはいけません。

大雪山連峰《だいせつざんれんぽう》の麓《ふもと》、東川町に住む人びとは、このような脅威《きょうい》とも言える大自然と向かい合って日々の生活を営んでいます。正確に言うと、自然がもたらす変化を謙虚《けんきょ》に受け止め、そのなかで日々の楽しさを見いだしているのでしょう。

数日間おじゃました東川町では、ずっと住み続けている人々も、この大自然に魅せられ新しく移住し、それぞれ好きな仕事をはじめた人々もみんな笑顔で生き生きとした表情をしていました。

それぞれのお店の看板も木工で個性的に楽しくつくられていて、町全体が若く活気があります。ドアや仕切りのない小学校の各教室は、他学年や教職員との風通しもよく、町が運営する日本語学校ではさまざまな国からの留学生《りゅうがくせい》が生活を楽しんでいます。

子どもたちも留学生も、これからの日本や世界をつくる担い手と成長していくわけですが、その背後には、すっぽりと彼らを包み込んでいる大雪山連峰《だいせつざんれんぽう》があります。東川町の人びとは、日々変わる大雪山連峰の姿からいろいろなメッセージを受け取っているんだと思いました。

父の遺言《ゆいごん》

「こんなところで死にたい」と言っていた父は、野生の生きもののすべてがそうであるように、「人間も自分で食べられなくなったら死ぬ」と宣言もしていました。しかし、父の人生の幕の下ろし方は希望通りとはなりませんでした。

脳梗塞《のうこうそく》を患《わずら》い、一〇年間、車いすでの生活を余儀《よぎ》なくされました。普段、「自分で食べられなくなったら自殺する」とよく言っていたので、倒れたばかりのときは、もし意識がしっかりしていたら本当に自殺してしまうのではないか、車いすでの生活は耐えられないのではないか、と私たち家族も悩みました。しかし、退院してから犬とともに暮らす生活のなかで、顔つきもはっきりしてきて、言葉はないものの意思疎通《いしそつう》ができるようになったのです。

前述しましたように、現在、私は野生動物の保全活動（**コラム参照**）を行っていますが、その活動を始めたとき、車いすから「お前が？　へーえ」とでも言いたげな、驚いたような顔をしていました。しかし、私の活動が広がっていくにつれて、車いすから身を乗り出して頷《うなず》きながら私の話を聞いてくれるようになりました。

正直なところ、父が元気なうちにもっともっと聞いておけばよかったと何度も後悔《こうかい》しました。しかし、いま、父のすべての作品を貫いている「人間は動物の一種で、動物と同等である」、「つまずいても強く生きる」というメッセージを、活動につなげていきたいと思っています。

「人々の心の中に何かを遺すということが生きるということで、それができれば死んでいても生きているのと同じだろう」

●コラム●

認定 NPO 法人トラ・ゾウ保護基金について
(Japan Tiger and Elephant Fund : JTEF)

JTEF トラ・ゾウ保護基金は、野生の生きものの立場に立ってその世界を守り、生物多様性を保全することを通じて人の豊かな自然環境を守ることをめざして設立された団体です。

トラとゾウは、グローバルな野生の生きもののシンボルと言えます。広大な生息地を必要とするトラとゾウを守ることは、生態系全体を保全することにつながり、それらが自然に生き続けられるようにすることは、40億年の進化のプロセスを継いでいくこと、つまり生物多様性を保全することになります。

しかし、野生のトラは地球上に3,500頭ほどしか生息しておらず、絶滅の危機にあります。また、アフリカゾウは象牙のために毎年２～３万頭が殺されています。彼らの生存は危機にさらされて久しく、存続の機会を確保するために行動すべきタイムリミットは間近に迫っているのです。

トラ・ゾウ保護基金は、このトラとゾウ、そして西表島のみに生息しているわずか100頭余りのイリオモテヤマネコを保全するといった活動を展開しています。具体的な活動についてはホームページをご覧ください。

連絡先：〒105-0001　東京都港区
虎ノ門2-5-4　末広ビル３F
TEL:03-3595-8088
http://www.jtef.jp

この言葉は、父が『生きるための死に方』（新潮45編、新潮社、一九九二年）に書いたものです。晩年《ばんねん》は車いすの生活となりましたが、懸命《けんめい》に生きる父の姿そのものが、私たちにさまざまなことを教えてくれました。『牙王物語』を通して父が言いたかったことは、まさしく父の生きざまだったのです。

このたびの新装合本版の出版においては、松岡市郎町長をはじめとして東川町役場のみなさんには大変お世話になりました。この場をお借りして御礼を申し上げます。また、お忙しいなか三〇点を超える挿入画を描いていただきました田中豊美さん、本書の編集作業を行っていただきました株式会社新評論の武市一幸さんにも感謝を申し上げます。

新たな形での出版によって、さらに多くの方々に本書が読まれることを願っています。現在のような社会環境だからこそ、みなさまに読んでいただきたい本だと思っております。

戸川久美

二〇一八年　九月

早苗とキバが出会った天人峡温泉から東川町の中心部へと向かう道です。今にもキバが出てきそうな雰囲気があります。（撮影：大塚友記憲）

画家紹介

田中　豊美（たなか・とよみ）

1939年三重県に生まれる。

1969年より、図鑑、絵本、雑誌などに動物のイラスト専門に描く。

図鑑の仕事では、小学館NEO「動物」の433種を担当したほか、ポプラ社WONDA「動物」の215種を担当。単行本として、『ゴリラ図鑑』『海獣図鑑』（共に文溪堂）があるほか、絵本の仕事として『野生動物ウオッチング』（福音館書店）ほか多数ある。また、画集『日本の野生動物』（新日本出版・絶版）も著している。

1980年頃よりワイルドライフアート（野生生物画）を手がけ、グループ展で作品を発表している。

解説者紹介

戸川　久美（とがわ・くみ）

認定NPO法人トラ・ゾウ保護基金理事長
イリオモテヤマネコを発見した動物作家、戸川幸夫の次女。
日本政府に依頼され２年半ほど飼育していたイリオモテヤマネコを含め、父が飼育していた色々な動物に囲まれて育つ。小説で滅びゆく動物たちへ哀惜の念を綴っていた父の影響で野生動物保護活動に関わり、2009年にトラ・ゾウ保護基金を設立し、絶滅に瀕するトラ、ゾウ、イリオモテヤマネコの保全活動を行う。
インドに出向き、現地協働パートナーと共にトラやゾウの保全対策や、違法取引防止活動を行う。西表島ではイリオモテヤマネコの最大の脅威である交通事故防止活動、島内の全小中学校で「ヤマネコのいるくらし授業」を行い、国内での普及活動に尽力する。

著者紹介

戸川　幸夫（とがわ・ゆきお）

1912年、佐賀県生まれ。旧制山形高校（現・山形大学）の理科に入学。

1937年、東京日日新聞社（現・毎日新聞社）に入社。太平洋戦争中、海軍報道班員として南方を回る。

終戦後も記者として活動したが、1955年、初の小説『高安犬物語』が直木賞受賞。以後、動物小説を次々と発表し、「動物文学」をジャンルとして確立。

1965年には、西表島でイリオモテヤマネコを発見。

1968年「戸川幸夫子どものための動物文学」（国土社）でサンケイ児童出版文化賞。

1977年に「戸川幸夫動物文学全集」で芸術選奨文部大臣賞を受賞。

多数の小説や児童文学作品を手掛ける。

1980年紫綬褒章、1986年三等瑞宝章受章。2004年５月没。

牙王物語《きばおうものがたり》

2018年11月15日　初版第１刷発行

著者　戸　川　幸　夫
作画　田　中　豊　美
解説　戸　川　久　美
発行者　武　市　一　幸

発行所　株式会社　新　評　論

〒169-0051
東京都新宿区西早稲田３-16-28
http://www.shinhyoron.co.jp

電話　03(3202)7391
FAX　03(3202)5832
振替・00160-1-113487

落丁・乱丁はお取り替えします。

定価はカバーに表示してあります。

印刷　フォレスト
製本　中永製本所
装丁　山田英春

ISBN978-4-7948-1107-3

新評論　好評既刊　大雪山を知るための本

写真文化首都「写真の町」東川町　編
清水敏一・西原義弘　（執筆）

大雪山　神々の遊ぶ庭《カムイミンタラ》を読む

北海道の屋根「大雪山」、その最高峰「旭岳」は北海道上川管内東川町の山である。忘れられた逸話、知られざる面を拾い上げながら、「写真の町」東川町の歴史と今を紹介。

四六上製　376 頁+カラー口絵 8 頁　2700 円
ISBN978-4-7948-0996-4

写真文化首都「写真の町」東川町 編
写真・文：大塚友記憲

ブラボー！　大雪山

カムイミンタラを撮る

四季折々の美しく雄大な自然を堪能できるだけでなく、大雪山と「写真の町」への旅のガイドとしても役立つオールカラー写文集。

B5 並製　200 頁　3000 円
ISBN978-4-7948-1096-0

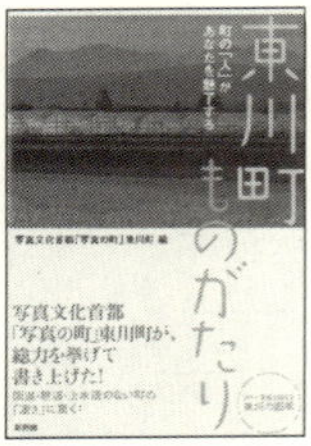

写真文化首都「写真の町」東川町 編

東川町ものがたり

町の「人」があなたを魅了する

大雪山麓、写真文化首都「写真の町」東川町が総力を結集。人口 8,000 人、国道・鉄道・上水道のない町の「凄さ」に驚く！

四六並製　328 頁+カラー口絵 8 頁　1800 円
ISBN978-4-7948-1045-8

樫辺　勒／著
菅原浩志／案（「ぼくらの七日間戦争」「ほたるの星」監督・脚本）

小説　写真甲子園　0.5 秒の夏

写真にかけた全国の高校生たちの青春記録。映画『写真甲子園　0.5 秒の夏』（2017 年 11 月、全国劇場公開）をノベライズ！

四六並製　224 頁　1600 円
ISBN978-4-7948-1078-6

表示価格は本体価格（税抜）です。